枕边书

主编◎要力石 何芸

成长卷

洗手间里的晚宴
价值千金的眼泪
爱和人性的光辉
青涩岁月里的蝴蝶胸针
陪你一起找罗马
向爱心的狐狸开枪
在曼哈顿的女儿
美国老师讲灰姑娘的故事
手绢传奇
另一扇幻想之门
雪人
你的命运与鲨鱼无关

谢谢你，
盛装莅临我的成长

新华出版社 "枕边书"系列

图书在版编目（CIP）数据

谢谢你 盛装莅临我的成长/要力石，何芸主编
北京：新华出版社，2014.12
ISBN 978－7－5166－1372－6
Ⅰ.①谢… Ⅱ.①要…②何… Ⅲ.①故事—作品集—世界
Ⅳ.①I14
中国版本图书馆 CIP 数据核字（2014）第 287510 号

谢谢你 盛装莅临我的成长

主　　编：要力石　何　芸

出 版 人：张百新		责任编辑：曾　曦	
封面设计：马文丽		责任印制：廖成华	

出版发行：新华出版社
地　　址：北京石景山区京原路 8 号　邮　　编：100040
网　　址：http：//www.xinhuapub.com　http：//press.xinhuanet.com
经　　销：新华书店
购书热线：010－63077122　　中国新闻书店购书热线：010－63072012

照　　排：新华出版社照排中心
印　　刷：北京新魏印刷厂

成品尺寸：145mm×210mm		开　本：32	
印　张：9.25		字　数：150 千字	
版　次：2015 年 1 月第一版		印　次：2015 年 1 月第一次印刷	

书　　号：ISBN 978－7－5166－1372－6
定　　价：32.00 元

图书如有印装问题，请与出版社联系调换：010－63077101

目 录

第一辑：爱和人性的光辉

第二辑：陪你一起找罗马

第三辑：理解的幸福

第一辑：爱和人性的光辉

洗手间里的晚宴

艺茗

保姆住在主人家附近，一片破旧平房中的一间。她是单身母亲，独自带一个 4 岁的男孩。

那天，主人要请很多客人吃饭。主人对保姆说：今天您能不能辛苦一点儿，晚一些回家？保姆说：当然可以，不过我儿见不……

保姆住在主人家附近，一片破旧平房中的一间。她是单身母亲，独自带一个四岁的男孩。

那天，主人要请很多客人吃饭。主人对保姆说："今天您能不能辛苦一点儿，晚一些回家？"保姆说："当然可以，不过我儿子见不到我，会害怕的。"主人说："那您把他也带过来吧……"保姆急匆匆地回家，拉了儿子就往主人家赶。保姆说："带你参加一个晚宴。"

保姆把儿子关进主人家的书房。她说："你先待在这里，晚宴还没有开始，别出声。"

不断有客人光临主人的书房。或许他们知道男孩是保姆的儿子，或许并不知道。他们亲切地拍拍男孩的头，然后翻看主人书架上的书。男孩安静地坐在一旁，他在急切地等待着晚宴的开始。

保姆不想儿子破坏聚会的快乐气氛，更不想年幼的儿子知道主人和保姆的区别、富有和贫穷的区别。后来，她把儿子叫出书房，并将他关进主人的洗手间。主人有两个洗手间，一个主人用，一个客人用。她看看儿子，指指洗手间里的马桶："这是单独给你准备的房间，这是一个凳子。"然后她再指指大理石的洗漱台："这是一张桌子。"她从怀里掏出两根香肠，放进一个盘子里。"这是你的，"她说，"现在晚宴开始了。"

盘子是从主人家的厨房里拿来的，香肠是她在回家的路上买的，她已经很久没有给儿子买香肠了。

男孩从没见过这么豪华的房间，更没有见过洗手间。他不认识抽水马桶，不认识漂亮的大理石洗漱台。他闻着洗涤液和香皂的淡淡香气，幸福极了。他坐在地上，将盘子放在马桶盖上。他盯着盘子里的香肠，唱起歌来。

晚宴开始的时候，主人突然想起保姆的儿子。他去厨房问保姆，保姆说："也许是跑出去玩了吧。"主人看保姆躲闪着目光，就在房子里寻找。终于，他顺着歌声找到了洗手间里的男孩。那时，男孩正将一块香肠放进嘴里。他愣住了，问："你躲在这里干什么？"男孩说："我是来这里参加晚宴的，现在我正在吃晚餐。"他问："你知道这是什么地方吗？"男孩说："知道，这是单独为我准备的房间。"他问："是你妈妈这样告诉你的吧？"男孩说："是，其实不用妈妈说，我也知道。晚宴的主人一定会为我准备最好的房间。"男孩指了指盘子里的香肠："我希望能有个人陪我吃这些东西。"

主人默默走回餐桌前，对客人说："对不起，今天我不能陪你们共进晚餐了，我得陪一位特殊的客人。"然后，他从餐桌上端走两个盘子。他来到洗手间的门口，礼貌地敲门。得到男孩的允许后，他推开门，把两个盘子放到马桶盖上。他说："这么好的房间，当然不能让你一个人独享，我们共进晚餐。"

那天，他和男孩聊天，唱歌。他让男孩坚信洗手间是整栋房子里最好的房间。他们在洗手间里吃了很多东西，唱了很多歌。不断有客人敲门进来，他们向主人和男孩问好，他们递给男孩美味的饮料和烤得金黄的鸡翅。他们露出夸张和羡慕的表情。后来，他们干脆一起挤到小小的洗手间里，给男孩唱起了歌。每个人都很认真。

多年后，男孩长大了。他大学毕业后，找到了一份不错的工作，尽管并不富有，他还是一次次地掏出钱去救助穷人，而且从不让那些人知道他的名字。他说："我始终记得多年前，有一天，有一位富人，有很多人，小心地维系了一个4岁男孩的自尊。"

伟大的欺骗

唐厚梅

在美国亚利桑那州一个叫切尼格乐斯的镇上，发生了一起未遂的银行抢劫案，劫匪被机警的保安困在银行里面。

案发当时，懵懂无知的5岁小男孩乔治正巧和妈妈露西也在这家银行内，并且刚好离那个劫匪最近。劫匪上前一把打掉小乔治手里的玩具太空人，像抓一只猴子一样把他抓到胸前，用一只长枪顶在小乔治的脑袋上，作为人质。

那一瞬间，幼小的乔治似乎也知道发生了什么，拼命地在劫匪怀里挣扎哭喊，而他的母亲，却已经被保安强迫疏导到了外边。空荡荡的大堂里，只剩下小乔治和那个凶悍的劫匪。

闻讯赶到的警察已经把银行团团围住，劫匪其实插翅难逃了。小乔治成了劫匪最后一根救命的稻草，对峙中他扬言，如果拿不到50万美金和一辆福特汽车的话，他会枪杀人质。

无助的小乔治望着近在咫尺的警察，绝望地哭叫着，他似乎预感到了死神的到来。可怜的露西不敢发出一点响动，怕稍不留神激怒了对方，使小乔治的处境更加危险。

　　警方不会答应劫匪的任何条件，因为任何的让步都意味着对犯罪者作案的鼓励。但小乔治在他手上，劫匪手指只需轻轻一动，小乔治就有可能命丧黄泉。

　　及时赶来的谈判专家尼尔森建议由他作为人质，换下未成年的小乔治。狡猾的劫匪断然拒绝，他知道，关键时刻，一个小孩比一个训练有素的谈判专家更好控制。人们对小孩的关注和同情，会增加他逃走的把握。

　　谈判暂时陷入僵局，警方安慰劫匪说钱和车都在准备中。尼尔森的首要任务就是尽量与劫匪周旋，让他保持冷静，最大限度地保护人质的安全，为狙击手到达既定位置争取时间。

　　渐渐地，劫匪似乎看出警方根本没有让他走的意思，神情开始焦躁不安起来。他用枪管顶着小乔治的头做了最后一次喊话，说如果两分钟之内他看不到车和钱，那么，小孩就会先于他去见上帝。

　　近乎崩溃的小乔治在劫匪的怀里撕心裂肺地哭着，凄厉的叫喊声撞碎了在场每一个人的心。银行外边善良的人们透过玻璃，紧张地望着这个不幸的孩子，谁也不清楚结局会是什么样子。

　　媒体已经在现场联系心理专家，问劫案对小乔治的将来会有什么样的影响。专家断言，即使他得救，惊心动魄的这一幕也会在他心里留下挥之不去的阴影，对他的健康和成长产生不可估量的负面影响，很有可能伴其终生。

　　外边围的人越来越多，大家都在焦急地等待着事件的最新进展。狙击手也已经各就各位，他们在静候着命令，如扣动扳机，劫匪会在一秒之内死去，没有一点反抗还手的机会，小乔治应该会被安然无恙地解救下来。

一切都准备就绪。就在劫匪决定鱼死网破杀死小乔治之前，警方果断下令击毙他。"嘭"的一声，几乎是同时，不同角度的三颗子弹精准地击中了劫匪的头部。他如警方事先预料的那样，还没有来得及做出任何反应就倒在了猩红色的地毯上。

小乔治从劫匪的胸口滑落下来的瞬间，鲜血溅满了他的身体。血人一样的小乔治被眼前的景象吓得目瞪口呆，不知所措地呆立在那儿，傻了一样。离他最近的谈判专家尼尔森迅速跑了过去，把小乔治高高地抱起来。

面对着蜂拥进来的人群和无所不在的媒体，尼尔森突然高声喊了一声："演习结束！"所有人都愣在那里，盯着他，谁都没反应过来尼尔森话里面的意思。

"是的，演习结束了！"尼尔森认真对着人们和媒体大声地说，"这仅仅只是一场演习。"

"真的是演习吗？"噩梦初醒的小乔治半信半疑地盯着尼尔森问。

"当然了，就因为事先没有预告，所有环节才能如此逼真。现在，我宣布，演习圆满结束。"尼尔森小心地安慰着他。

小乔治的妈妈露西已经挤上前来，喜极而泣地紧紧抱住了儿子。

"妈妈，这只是一次演习吗？"小乔治瞪着一双迷茫的大眼，望着露西。

尼尔森趁小乔治不注意，冲着露西挤了一下眼。露西哽咽着说："是的，乔治，这是一次劫持人质的警事演习。"

几个会意了尼尔森意思的警察也上前赞扬了小乔治，说他表现得非常好，应该获得警局颁发的勇敢奖章。这时，所有的人似乎都明白是怎么一回事了，大家全都表扬小乔治刚才的表现实在是太好了。

"真的吗？可我还是不明真相地哭了。"小家伙苍白的脸终于显出了红润的颜色，鼻翼两侧的几粒小雀斑因为兴奋和害羞而显得格外清晰。

第二天，切尼格乐斯当地的媒体集体失声，对银行劫案只字未提。所有人都心照不宣地保护着小乔治。

母亲露西带着小乔治以最快的速度离开了小镇，去了旧金山。走之前，小乔治还在惦记着那枚警局一直没有颁发给他的奖章。

多年以后，一个中年人找到了已经退休的尼尔森，提起这件陈年旧事，问他当初怎么会想起喊出那样一句话。

尼尔森说："枪响的时候，我在想，这孩子完了，他有可能一辈子都走不出恐怖事件所留下的心理阴影。但当我走近他的瞬间，上帝给了我一个启示，让我说出了演习结束这句话。"

"我很感谢在场的所有人，他们配合我完成了这场善意的骗局，让那个孩子相信这只是场事先没有通知的警事演习。"

是的，镇上所有的人，都参与了这场骗局。灾难没有给小乔治留下挥之不去的烙印，他能健康地成长，比什么都重要。

来人紧紧拥抱着老尼尔森，半天才开口说："我整整被瞒了 30 年，前不久，妈妈才告诉我真相。谢谢，谢谢尼尔森叔叔，是你让我拥有了一个健康的人生。"

尼尔森眨了眨眼，笑着说："乔治，你不用谢我，如果要谢，就谢那次欺骗过你的所有人吧！"

通往天国的阶梯

葛少主

好人上天堂，坏人下地狱

这天，教堂里来了个小男孩，五六岁，脸色苍白，身材瘦小得仿佛一阵微风就能把他吹倒。小男孩怯怯地走近詹姆斯牧师，说："牧师先生，您能帮我个忙吗？"

詹姆斯牧师摘下礼帽，做了个绅士式的动作："很乐意为你效劳。"

小男孩被詹姆斯的幽默逗乐了，他笑着说："我叫洛克菲勒，我想问您一个问题，人死后会去天堂呢还是会下地狱？"

这是孩子们爱想的问题，詹姆斯随口答道："好人上天堂，坏人下地狱。"

洛克菲勒仰着小脸又问："那什么人是好人，什么人是坏人？上帝怎么区分呢？"

詹姆斯沉吟片刻，便说："上帝会给每一个人记分：谁做了一件好事，上帝就给他加分；假如这个人后来又做了一件坏事情，便扣掉他一些分。当某人即将离开人间，上帝就翻看这个人的积分：如果这个人还有剩余的分数，说明一生做的好事比坏事要多，上帝就会邀请他去天堂；相反就赶他进地狱。"

洛克菲勒的问题还没完："有个小孩子的爸爸离开了人间，你能不能推算一下，他是上了天堂还是进了地狱？"

詹姆斯不是上帝，当然不可能知道答案，但他不能敷衍孩子，于是说道："那你得告诉我，这个小男孩的爸爸做了哪些好事和坏事。"

洛克菲勒坐在地毯上，从衣兜里掏出一本日记本，边翻边说："圣诞节的前夕，小男孩的爸爸在码头上做了一夜的搬运工，挣回了 50 美元。他给小男孩买了价值 30 美元的外套，仅剩余的 20 美元，他买了一只火鸡，你知道，那是小男孩最喜欢吃的美食！"

詹姆斯被洛克菲勒讲的故事打动了，他掏出纸笔对洛克菲勒说："上帝看得见，他是个仁慈的父亲。上帝给他加了 5 分。"说着詹姆斯在纸上写下了数字 5。

洛克菲勒接着念起了日记："小男孩和他的爸爸因为付不起房租，被房东太太赶出了家门，他们住进了厕所里，小男孩的爸爸用仅有的 1 美元给小男孩买了个面包。"

詹姆斯不知不觉地流出了眼泪："真是个仁慈的父亲，上帝不能视而不见，加 5 分。"说着詹姆斯又在纸上记下了数字 5。

洛克菲勒又翻了一页日记说："小男孩有次病倒了，他的爸爸整整在教堂跪了一夜祈求上帝保佑。后来小男孩脱离了危险。"

詹姆斯动情地说："仁慈的父亲感动了上帝，并继续给他加了5分。"詹姆斯递过手中的积分纸说："你看，15分了！如果他没有做什么离谱的事情，那肯定会被上帝邀请到天堂。"

洛克菲勒有些激动，可继而又沮丧地说："可最后小男孩的爸爸抢劫了银行。"

詹姆斯惊诧万分，他惋惜地说："哦，真是个不可饶恕的错误，上帝整整扣了他20分！"说着詹姆斯在纸上写上"－20"。看着洛克菲勒沮丧的神情，詹姆斯有些后悔自己的鲁莽，可他是牧师，不能出尔反尔。

"那小男孩的爸爸被赶回了地狱吗？"洛克菲勒小心翼翼地问"也许上帝会网开一面。我说的只是也许。"詹姆斯不得不这样回答。

这时，礼堂的钟声响起，是下午3点钟了。洛克菲勒急忙站起身子说："我得赶紧回去了，否则珍妮太太会担心的。"

上帝偏爱乖孩子

过了几天，小男孩洛克菲勒再次找到詹姆斯牧师。

洛克菲勒看起来又瘦了许多，他像上次那样坐在地毯上，又从衣兜里掏出了那个日记本，说："詹姆斯牧师，那个小男孩他活不了多久了，你能不能再推算一下，他会上天堂还是下地狱？"

还像上次一样，洛克菲勒翻开日记本说："圣诞前夕的那天，小男孩也送了他爸爸一件礼物。他自制了一个暖水瓶，告诉爸爸当他胃痛的时候，就把暖水瓶放到肚子上，那样会减轻疼痛。"

詹姆斯拿出纸笔，记下 5 分："上帝会奖赏一个懂事的孩子。"

洛克菲勒接着说："小男孩的爸爸那晚在教堂跪了一夜，第二天，他的胃病又发作了。小男孩在街上的垃圾桶里收集了 50 个可乐瓶子换到了 2 美元，他用 2 美元买了一盒胃药送给了爸爸。"

詹姆斯终于没能忍住泪水："小男孩是个乖孩子，即使他做了错事，上帝也能够原谅他，因为他只是个孩子，死后一定会被上帝邀请到天堂。"

礼堂的钟声又一次响起，洛克菲勒急忙站起来告别。还是上次的那个理由，如果回去晚了，珍妮太太会担心的。

詹姆斯被这个奇怪的孩子吸引住了，他悄悄地跟在洛克菲勒的身后。洛克菲勒穿过教堂对面的布拉尔广场，再穿过一片树林后，径直走进了一家医院。

在一间病房外，詹姆斯透过玻璃窗看到，一个护士把洛克菲勒抱上了病床，并在他身上缠上了几根管子。病床旁边坐着一个神态安详的妇人，应该就是珍妮太太了。

护士脱掉洛克菲勒上衣的一瞬间，詹姆斯想起了一件往事。

带着所有的疑惑，詹姆斯找到了珍妮太太，珍妮太太说："可怜的洛克菲勒，因为他患有先天性心脏病，被生身父母抛弃了，是一个叫安狄斯的贫苦单身汉收养了他，安狄斯为了给洛克菲勒治病，花光了所有的积蓄。最后他不得不铤而走险抢劫银行，被警方当场击毙。最后是我们儿童福利院收留了这个可怜的孩子。"

听完珍妮太太的讲述，詹姆斯的心仿佛被锥子扎了一样。一切正如詹姆斯猜测的那样，洛克菲勒故事中的那个小男孩正是他自己。可他为什么会问自己那些奇怪的问题？

请求下地狱

再见到洛克菲勒的时候，詹姆斯显得局促不安。洛克菲勒说："詹姆斯牧师，你能帮那个小男孩一个忙吗？他想让你帮他在上帝面前求情，假如他死了，就让上帝把他送回地狱。"

詹姆斯惊诧地说："地狱可不是游乐场，进地狱的人得做苦工，受尽煎熬，那是件很痛苦的差事。"

洛克菲勒失望地说："你知道的，小男孩的爸爸有胃病，他离开的时候忘记了带胃药。小男孩想去地狱给他送些胃药。"

詹姆斯的心像被鞭子狠狠地抽打一样疼痛。半晌，他拿过上次记分用的纸对洛克菲勒说："上帝会原谅动机善良而不小心犯了错的人，像小男孩的爸爸抢劫银行，他只是为了给儿子筹集到治病的钱，所以上帝没有扣他的分，当他离开人间的时候还拥有 15 分，所以他被上帝邀请到了天堂。你知道的，天堂里没有贫苦，没有疾病，当然也不会有胃病。"

洛克菲勒瞪大了双眼问："你怎么知道这些的？"

詹姆斯一副虔诚的样子说："我还知道这个小男孩不幸患有先天性心脏病，并且他很快会康复起来，这些都是上帝告诉我的。"

洛克菲勒听完詹姆斯的"神算"，惊喜万分，他欢快地和詹姆斯告别，离开了教堂。

不久后的一天，洛克菲勒收到了一张 50 万美元的汇款单，詹姆斯卖掉了自己的一套乡间别墅，当然詹姆斯是以匿名身份寄出的，他没有勇气来面对这个善良的孩子。那次的医院跟踪让詹姆斯意外看见，护士在脱掉洛克菲勒上衣的时候，他清晰地看见洛克菲勒的小腹上有枚猩红色的"H"形状的胎记。五年前，他遗弃了自己只有 1 岁的儿子，仅仅因为他患有先天性心脏病。

一份美国 911 电话记录

刘巽达　崔衍

2001 年 11 月，亚利桑那大学中国留学生杨建清、陈玉云夫妇在当地家中遇害。案发后，我代表中国警方与美国警方开展了执法合作，接触大量的法律文件和证据材料。这是中美警方共同打击严重暴力刑事犯罪的一个成功案例，在美国亚利桑那州皮马县检察长移交给我的一大批涉案证据材料中，有一份 911 接警的电话录音记录档案至今依然令我记忆犹新。那位美国女接警员的工作表现，令我感动并久久难忘。

那天深夜，杨建清、陈玉云夫妇的一个 6 岁的小女孩醒来，走出二楼的卧室，突然看到父亲赤裸着上身，只穿一条短裤，倒在底楼至二楼的楼梯上，身上一大片鲜血。孩子急忙拼命呼唤母亲，可是也没有回应，她根本想不到，母亲已经被杀死在底楼的厨房里了。极度恐怖中小女孩拨通了 911 报警电话。

下面是根据电话录音整理的通话过程。

接警员：这里是 911 紧急中心。

孩子：对不起……（哭声）

接警员：你在哪儿？

孩子：……（哭声）

接警员：（迅速根据来电显示系统找到登记的地址）你是在北郊俱乐部 2575 号吗？

孩子：……（哭声）

接警员：好，平静些，我能给你一些帮助吗？

孩子：我想他已经被打死了。

接警员：发生了什么事？

孩子：我看见他倒在楼梯上。

接警员：现在你在哪儿？告诉我你的地址好吗？

孩子：我在家里。

接警员：你是北郊县俱乐部 2575 号吗？是，还是不是？

孩子：我不知道。

接警员：你不知道？你几岁了？

孩子：6 岁。

接警员：好。你的爸妈在吗？

孩子：爸爸……（哭声）死了。

接警员：他死了？

孩子：是的。我需要帮助。（哭声）

接警员：我马上派人来，你不要挂电话，好吗？

孩子：……

接警员：你叫什么名字？

孩子：艾丽。

接警员：你知道你的公寓号码吗？

孩子：不知道。

接警员：你看看周围有信件吗？上面有地址。

孩子：G4。

接警员：是 G4？

孩子：G4。

接警员：你知道你的街名吗？

孩子……

接警员：你爸爸多大了？

孩子：不知道。

接警员：他发生了什么事？

孩子：他全身都是血。

接警员：他在什么地方？

孩子：在楼梯中间。

接警员：楼梯在屋里还是在屋外？

孩子：在屋里。

接警员：有没有其他人和你在一起？

孩子：我不知道妈妈在不在楼下，我想喊一下。

接警员：好。

孩子：妈妈！妈妈！

接警员：有回答吗？

孩子：没有。

接警员：你有祖父和祖母吗？

孩子：我的祖父和祖母在中国。只有爸爸妈妈和我在一起。

接警员：好。你能做两次深呼吸吗？好……做得很好。你能为了父亲勇敢些吗？你看看他醒着吗？

孩子：没有。

接警员：你知道发生什么事吗？

孩子：我不知道，我在睡觉。

接警员：好。他没有醒着，他不能和你讲话吗？

孩子：不能。

接警员：你知道妈妈在哪里吗？

孩子：不知道。

接警员：她会到外面去工作吗？

孩子：不知道。

接警员：好，艾丽，你不要挂断电话。你能看看你家门锁住吗？你能为我打开门锁吗？

孩子：我害怕去楼下。

接警员：好，那你等在楼上。你能听到警报声吗？

孩子：我没有听到。

接警员：你继续和我讲话好吗？不要挂断好吗？

孩子：好的。

接警员：你做得很好。救援人员马上就要到了，他们是来帮助你父亲的。不要害怕，好吗？

孩子：好的。

接警员：你听到有人敲门吗？

孩子：我听到了。

接警员：如果你听到很响的撞门声，不要害怕，好吗？

孩子：好的。

接警员：他们来帮助你爸爸了，他们是救援人员。

孩子：我听到他们在底下开门。

接警员：他们想打开门进来，如果你听到很响的"嘭"的声音，不要害怕，是他们在撞门。

孩子：好的……他们进来了！

接警员：不要害怕，他们是来帮助你的。

孩子：我知道了。

陌生人：有人吗？

孩子：有。

陌生人：你在哪儿？

孩子：我在上面。

陌生人：只有你一个人吗？

孩子：是的。

陌生人：我们是消防队员。

孩子：好的。

接警员：艾丽，你做得好棒，你怎么学会打911的？

孩子：我妈妈教的。

接警员：你妈妈教你的？

孩子：爸爸妈妈都教过我。

接警员：艾丽，你做得真好，我真为你骄傲。你是个聪明的女孩。

消防队员：你受伤了吗？

孩子：没有。

接警员：现在有人和你在一起了。

孩子：是的。

接警员：他们是消防队员吗？

孩子：是的。

接警员：你做得真好。任何时候你看见有人受伤害或者遇到危险，你就给我们打911电话，好吗？

孩子：好的。

接警员：你读几年级了。

孩子：一年级。

接警员：我儿子也是一年级。哦！不，我想今年是二年级了。（笑声）

孩子：我快过生日了。12月22日是我的生日。

接警员：那就在圣诞节前。你会收到两份礼物，一份是生日礼物，一份是圣诞礼物。

孩子：我不知道。

接警员：会的，你会收到的。你感觉好些了吗？

孩子：是的。

接警员：好，你做得真好。

消防队员：喂！我是消防队员。

接警员：你与孩子在一起吗？这就好了。

消防队员：警察到了！让警察和你讲话吧。

警察：我是警官哈利根。

接警员：这里是 911 紧急中心。

警察：我已到现场。

接警员：好了，谢谢。

警察：再见。

桥在水上

王周生

这辈子见过许多奇怪的事，终于到了见怪不怪的年龄，可唯独这件事，萦绕心头多年不散。

那是 2005 年 9 月，我应邀参加爱尔兰科克市国际短篇小说节。经过一个星期的朗读讨论、参观访谈、市长接见、颁奖宴会，美好的文学节落下帷幕。我收拾行李准备回国。时间还早，我走出旅馆想再看看这座美丽的城市，事情发生了。

那是星期天的清晨，一片宁静。天空飘过几朵雨云，稀稀拉拉洒下几点雨滴。而后，初升的太阳从东边云层斜射出来，一道道金红色的光，把整个城市装饰得精致典雅。

这座城市有许多座桥，有一座叫圣帕特里克桥。圣帕特里克是爱尔兰的守护神，爱尔兰的国庆就叫圣帕特里克节。桥下是离河（River Lee）。离河流淌过科克市区，绕个弯，穿越城市的另一半，幽幽离去。今天我也将离去。这座文学的城市，让一个将要离去的文学爱好者心中有些离愁。我站在桥栏旁，看清澈的河水在桥下缓缓流淌。

全世界都一样，星期天的早晨城市醒得很晚，桥上没有行人，桥中央的栏杆下躺着个流浪汉。这几天，我每天从桥上走过，总能看见他蜷缩在这里，行人不时给他一点钱。会议主办者考特先生告诉我，一些东欧和中东的非法移民流落到这里，他们没有身份，不能找工作，城市提供了庇护所。可是，眼前这个人，为什么宁愿睡在桥上而不去庇护所呢？

一辆红色小轿车出现在河对岸空荡荡的街上，停在桥头边。车门开了，一男一女两个孩子从车里跑了出来，后面是一位中年妇女。小男孩 6 岁模样，米黄 T 恤背带裤；女孩小一些，牛仔短裙白色连裤袜；女人白衬衫，深蓝色长裙，粉红围巾。孩子们朝桥上跑来，女人站在桥头观望。

两个孩子手里各抱一个纸袋，奔到流浪的男子身旁站住。早上好！先生。男孩女孩异口同声说。

早上好！男子翻了个身，坐了起来，靠在桥栏上。他头发蓬松，胡子拉碴，深色的夹克衫满是污迹，裤脚湿漉漉的。

这是你的早餐！男孩把手里的纸包递过去。这是你的苹果！女孩把手里的纸包也递了过去。谢谢你们！流浪男子感激地接了过去，放在身旁的地上。

女孩双手撑在膝盖上：先生，你吃吧，我妈妈做的三明治，热的！

流浪男子疲惫地说：很遗憾，昨天晚上我发烧了，还不想吃，谢谢你妈妈，我一定会吃的。男子的英语有些生硬。女孩说，哦，我发烧的时候，也不想吃饭，只喝果汁，你要果汁吗？男子赶紧摆摆手，不，不！

我不能老盯着他们看，这是不礼貌的。可是我克制不住自己的好奇，站在桥栏边，装作欣赏河上的风景，耳朵一字不漏地听着他们的对话。

先生，男孩问，你为什么睡在这里呢？

我没有房子。

女孩马上说：你可以住到我们家去，我们家有房子。

谢谢你，可是，我不能住到你家去。

为什么呢？女孩很惊奇。

那不是我的家，每个人都应该住自己的家。

那么，你的家在哪里呢？男孩问。

我的家在罗马尼亚，我家的房子被大水冲掉了，我没有家！

男孩和女孩沉默了。过了会儿，女孩问，先生，我能不能抱抱你呢？不，不不，男子惊恐地缩了缩身子，低头看看肮脏的衣服，我很久没有洗澡了……话还没说完，女孩伸出细小的胳膊，绕住流浪男子的脖子，男子犹豫了一下，紧紧地抱住了女孩。随即，男孩也扑过去，三个人紧紧拥抱。

我的眼睛湿润了，我一动也不敢动，怕扰了桥上这无比温馨的一幕。可是我的内心正掀起惊涛骇浪。我问自己，我会让自己的孩子去拥抱一个肮脏的发过烧的流浪汉吗？我知道，我是宁愿给钱给物也不愿让孩子这样做的。我用眼角遥望对面桥头的母亲，她依然站立在那里，粉红的围巾飘动。

我能和你玩一会儿吗？一转眼，女孩已经坐到流浪男子的膝盖上，像自家亲人一样。流浪男子激动得声音发颤：我怕是感冒了，会传给你的。女孩说，不要紧的，我打过感冒预防针。流浪男子说，可是，我没有什么可以给你玩呀。

我有玩具！男孩从自己裤子口袋里掏出一辆掌心大小的玩具汽车，递给流浪男子。男子接过去，看了看，他往地上一收一放，小汽车呼啦一下滑了出去。男人笑了，我在家里和儿子玩过这种发条的汽车，比赛谁滑得更远。

女孩说：那我和你比赛？

好！流浪男子说。小男孩追过去，把汽车拿了回来。三个人一起趴在桥上玩了起来。咯咯咯的笑声在空气里震荡，传得很远。

天空越来越晴朗，太阳升高了。桥头的母亲抬手看了看手表，喊道：孩子们，时间到了，该走啦！两个孩子依依不舍站起来，和流浪男子挥手说再见。可是不一会儿，两个孩子再次飞奔而来，每人给流浪男子手里放了一张纸币。女孩说，妈妈说了，谢谢你陪我们玩得那么开心！男孩说，谢谢你让我们有这样快乐的早晨！

谢谢你们，我也非常快乐。坐在地上的男子扒着栏杆摇晃着站起来，他佝偻着身子，不停地挥手，谢谢，谢谢，告诉你妈妈，这是我来到爱尔兰最快乐的一天！

我依然凝立，心潮起伏。这朗朗的天空，这清澈的河水，这圣帕特里克桥，这天使般的男孩女孩，是天堂里的景象啊。

我缓过神来，走过去，给了流浪男子 10 欧元。我说我都看到了，我很感动。男子正在流泪，他说他有 5 个孩子，他们都在罗马尼亚亲戚家住着，等他打工赚钱寄回去。可是他没有身份证不能打工，只能天天在桥上乞讨，昨晚发烧了，头痛欲裂，他曾想从桥下一跃而下，可是今天，上帝派这两个孩子带信来，让他一定要活下去……

教堂前面的马路上，停了许多汽车。一抹红色在眼前一闪，刚才桥边那辆红色轿车，赫然停在那里。教堂的钟声响起，悠扬而庄严。弥撒开始了。我听见唱诗班的歌声，好听极了。

致上帝先生

【印度】雷蒙德拉·库马　张海波/译

　　安德鲁正从车库倒车出来，忽然看见女儿阿万蒂沿着通往大门的路走着。只见她穿戴整齐，手上拿着一封信。

　　"去哪儿？"

　　"我……我是去……"阿万蒂迟疑了一下，说，"爸爸，我去邮局。"

　　"去干嘛呢？"

　　"我得寄信。"

　　"给我吧。我顺路帮你寄好啦。"

　　阿万蒂犹豫了一下，把信递了过去。安德鲁将它放在身旁的座位上，倒车出大门。向阿万蒂摆摆手，便开走了。

　　由于上班快迟到了，所以他决定路上不停留，到办公室后再派他的信差奇特拉姆去寄信。

　　到办公室后，他就按了铃。在等奇特拉姆的时候，他无意间瞥见了那个信封。信封上面的地址写的是"天堂"，收信人是"上帝先生"。字写得歪歪扭扭，显然是孩子的笔迹。安德鲁撕开信封读起信来：

亲爱的上帝先生：

这是我第一次写信给您。我妈妈生前常说您很爱小孩儿，说您对小孩儿的祈祷总是有求必应。

在我 7 岁生日后的第三天我妈妈就去世了。在那以前我一直是很幸福的。

但是现在我非常非常伤心。妈妈在的时候，爸爸总是笑，总是和我玩儿。可现在他几乎不和我说话了，总是非常伤心难过。他每天早早就离开家，晚上我睡了才回来。戴西阿姨说他开始喝酒了。

求求您，上帝先生，我不想待在这间没有妈妈的房子里。求求您，把她送回来还给我好吗？如果您不能送她回来是因为妈妈已经变成了天使，那么就求您像把妈妈带走那样，把我也带走吧。

我很乖，自己做作业、铺床，自己照顾自己，不信您问我妈妈。不打搅您啦，上帝先生，我等您的回答。

爱您的阿万蒂

安德鲁将信读了好几遍，然后走进老板的办公室，向他请了一天假。几分钟后，他驱车来到市郊那个他特别钟情的地方，在那里俯首就能鸟瞰一望无际的湖水。此刻，那地方显得分外孤寂。就在那棵巨大的菩提树的树荫下，他和妻子苏珊曾给爷爷起了个绰号叫"摩西"。此时他却在树下一遍遍读着女儿的信。

他闭上眼睛，回忆起这9个月来所发生的一切。

9个月前，苏珊丧生于一次火车事故。她的去世，使他的生活完全变得支离破碎。幸好有保育员戴西夫人在家照顾女儿，不然情况会更糟。苏珊死后，安德鲁极不愿意回家，因为家里任何一件细小的东西都会勾起他对苏珊的思念。于是他开始一大早就离开家，天天在办公室工作到很晚，即使下了班他也不直接回家，而是到附近的酒吧喝酒，阿万蒂入睡好久之后他才回家。他从未考虑过阿万蒂，以为有戴西夫人的照料就万事大吉了。

安德鲁沉溺于自己的悲痛，而忽略了女儿的孤独。他没有意识到女儿也在苦苦思念着她的妈妈，以为女儿不会像他那样悲伤，更没有想到女儿是那么渴望得到父亲的慈爱与抚慰……

6个月过去了，这6个月里，安德鲁努力做好自己应该做的事。一个星期天的早晨，安德鲁醒来，看着对面墙上祖父留下的时钟，时间是8点半。阿万蒂还在睡觉，他正要叫醒她，忽然发现床头柜上摆着一个熟悉的褐色信封，那是女儿写给上帝先生的又一封信。他拿起来，走进客厅，坐在椅子上读起来：

亲爱的上帝先生：

这是我第二次写信给您。我知道您收到了第一封信。我要谢谢您。虽然您没有把妈妈送回来，也没有把我带给妈妈，但是您将我的爸爸完全改变过来了。

您可知道，上帝先生，现在爸爸让我在他的房间睡觉了。

睡觉时他总会用他强壮的手臂接着我，令我感到好安宁。还有，他现在常给我讲故事——有滑稽的、吓人的，有时还有很动人的故事，让我听得有点儿伤感。

上午他常带我去游泳，他已经教会我了。傍晚我们去练瑜伽。晚上吃了晚餐，他会驾车带我外出兜风。他甚至连酒也戒掉啦。真的，戴西阿姨可以作证。

亲爱的上帝先生，虽然您不能还我妈妈，但是您却赐予了我一个面貌全新的爸爸。因此我非常非常地感谢您。

向您献上我全部的爱！

阿万蒂

安德鲁读完了信。过了几分钟，戴西夫人端着早餐走进客厅，发现安德鲁坐在扶手椅里，闭着眼睛，手里拿着皱巴巴的信，泪流满面……

最漂亮的一个

【美】罗杰·迪恩·凯瑟

　　那天夜里，凯里养的那条黑色猎犬艰难地生产了。凯里靠在狗的笼子边，一刻不离地守候着。6小时后，小家伙们陆续出生，凯里起身去卧室叫醒妻子，告诉她一切正常。凯里和妻子从卧室出来，回到院子，再走到狗笼旁，那个时候，第6只狗仔已经生出来了，正独自趴在笼子的一角，凯里把它捧起来，放到正等吃奶的那堆狗仔前面，但母狗立即把这只最小的狗仔推到一边，竟然不愿意接受这个孩子。妻子见此情景，说："有点不大对劲呀！"凯里走过去，抱起那狗仔仔细细观察，不觉心里一沉，原来这只小狗仔的上唇和下颚都是裂开的，是"兔唇"，它的嘴根本无法合上！

　　第二天，凯里带着那只小狗去了宠物医院，大夫说他也无能为力，除非凯里愿意花1000美元试着给它做一个矫正手术，但他说这只狗仔活下来的可能性不大，因为它没法吃奶。回到家后，凯里和妻子商量后，觉得不能花这笔冤枉钱，因为连兽医本人也没有把握能保住狗仔的性命。尽管如此，凯里还是买

来一支注射器，捧着这只小狗仔给它喂食。这样一连喂了 10
多天，这只小狗仔终于活了下来，而且还学会了自己吃东西，
但只能吃柔软的罐装食物。

家里养不了那么多狗，因此狗仔们出生 5 周后，凯里便在
报纸上登出了广告。不到一星期，就有不少人表示他们对这些
小狗有兴趣，但没人看中兔唇那只。一天下午，凯里在回家的
路上，忽然看到一位老太太正向他招手，她是住在凯里家附近
的一位退休教师，她问是否可以为她的孙子买一只。凯里告诉
她，所有的狗仔都已有了新主人，如果有人送回不要，他会通
知她。几天后，4 只狗仔都被新主人陆续抱走，只剩下一只棕
色的，和那只兔唇小狗仔。

几天过去了，说好要买这只棕色狗仔的先生没来，于是凯
里给那位老太太去了电话，告诉她还有一只狗仔，欢迎她来看
看，她说晚上 8 点将带着孙子一同来看。

晚上 7：30，忽然有人敲门，凯里打开门，一看，站在门
口的竟然是那位先生，就是他在前些天预定了那只棕色狗仔
的。那位先生走后，凯里和妻子坐立不安，一会儿老太太来了
怎么办？8 点整，门铃响了，是老太太领着她的孙子来了。凯
里歉疚地向她说明了缘故，老太太觉得十分遗憾，她对孩子
说："对不起，杰弗瑞，小狗都有主人了。"就在这时，那只没
人要的小狗仔"汪汪"地叫了起来，小男孩从他祖母身后跑了
过来，叫了起来："我的小狗！我的小狗！"他飞快地冲到了
"汪汪"叫着的小狗仔旁边，把它抱在怀里，对祖母说："奶

奶，他们只剩下这只了，你看它长得多像我。"

老太太问凯里："这只小狗卖吗？"凯里回答说："这只你们可以抱走。"

老太太拿出钱包，但凯里握住了她的手，没让她把钱掏出来，凯里转过头问男孩："你看它值多少钱？1美元行吗？"

男孩说："不，这样的小狗非常非常贵。"

"1美元不够？"

"对，肯定是这样！"小男孩说着，把小狗抱着贴在脸上。

"你说得对，这是只最漂亮的小狗，我们不能低于两美元卖给你们的！"妻子说着，望了望凯里，先前的5只，每只也不过两美元，但凯里知道妻子这么说，绝不是因为想赚钱的缘故。老太太掏出了两美元递给小男孩，说："这是你的小狗了，你来付钱给这位先生。"小男孩一只手紧紧地抱着小狗，另一只手骄傲地把钱递到凯里跟前。

小男孩抱着小狗的情景让凯里和妻子永远也忘不了，他们对这只小狗未来的担心烟消云散，因为他们注意到小男孩也是兔唇。

价值千金的眼泪

【爱尔兰】贡纳尔·贡纳尔逊

　　大小斯尼奥里富生活在一个渔村，他们是父子俩。大斯尼奥里富已年过半百，小斯尼奥里富刚满 12 岁。

　　小斯尼奥里富从懂事起就没离开过父亲半步，他们形影不离地生活在海边。在海边，父亲常常回忆自己经营庄园的美好日子。那时，他、妻子和 3 个孩子过着幸福的生活。只是有一天，他们的畜群患了瘟疫，孩子们也相继去世了。为了还债，他卖掉了庄园。带着妻子来到海边的渔村，开始了艰苦的生活。

　　那时夫妻俩只能从大海里寻找食物，填饱肚子后他们甚至都没有钱买一件衣服。这时小斯尼奥里富诞生了，而母亲却因为难产去了天堂。

　　后来儿子长大了，无论什么天气，都形影不离地跟在父亲后面。父亲经常教导儿子说，欠债是世界上最大的耻辱，去咖啡店赊账喝咖啡，还不如在家挨饿。生活困难时他们用麻袋缝制衣服，从不接受别人的施舍。虽然生活拮据，但他们很自豪没有外债，也坚信上帝有一天会眷顾他们。

然而现实和他们开了个大玩笑。初春的一天，渔村后面的大山爆发了雪崩，将父子俩的小屋压了个粉碎。数小时后，小斯尼奥里富奄奄一息地从废墟中爬了出来。他试图把父亲拉出来，可一切都晚了。

父亲的尸体被平放在一块大石头上，准备运往城里火化。小斯尼奥里富站在父亲旁边轻声说着什么，他没有流一滴泪。来帮忙的人们纷纷议论，说这孩子怎么会如此冷漠。

小斯尼奥里富站在海边看了看自己的房子，那里已是一片废墟。他跑到海边去看渔船，在昨天的暴风雪中渔船也散了架。他皱着眉头在那里站了许久。却没有哭。

父亲在世的时候经常说，我死后可以用房子和渔船做抵押来埋葬我，父亲还说过，为了丧葬向别人借钱是一件耻辱的事情。现在房子没了，渔船也没了，什么都没有了。小斯尼奥里富到雪堆里抽出几条木板，给父亲的尸体搭了个简易棚，然后独自向城里跑去。人们都很奇怪，不知这孩子要做什么。

小斯尼奥里富跑到商店附近徘徊了一阵，商店老板问："孩子，你来这里做什么？"

小斯尼奥里富扭捏了一会儿说，"你应该知道我们的渔场比你们的好吧？"老板被他大人般的口吻逗乐了。他却接着说："如果我夏天把渔场租给你，你能付我多少钱？"

老板收住笑容说："那你还不如直接卖给我。"

"不，卖给你我就无处生存了。"孩子说。

"我们可以允许你留在那里。"

"夏天我要在那里盖房子。估计您已经知道我父亲去世和渔船粉碎的消息了。我可以用夏天打来的鱼给您还债。去年夏天打鱼的时候你们的收成总是比我们少，父亲说那是因为你们的渔场不好。"

"那你需要多少钱？"

"只要能给我父亲买一口棺材，够安葬费就可以。"

老板凝神关注着眼前这个只有 12 岁的孩子，想知道他还需要些什么。

"你们商店需要童工吗？就跟去年夏天的那个童工一样大的孩子。"

"我们是需要，只是需要比你大一些的孩子。"老板微笑着说。

"你能跟我出来一下吗？"孩子说，俨然一副大人的口吻。老板应允了。

小斯尼奥里富领着商店老板来到前面的土坡上。他摘掉手套，举起一块大石头，然后放下，说："你去年雇用的童工连这块石头都搬不动，而我能，这么说我应该能胜任这份工作吧？"

老板依然微笑着说："既然你力气这么大，就雇用你好了。"

"那你得负责我的食宿，还得给我一点零花钱。"

老板欣然答应。

"我答应过我父亲不欠外债，食宿问题解决了就不会有外债了。"小斯尼奥里富说。他学着父亲的样子脱帽向老板致意，说："那我后天来见你!"老板带他进了厨房，想给他一些吃的，但他拒绝了。

"怎么？你不吃饭吗？"老板和蔼地问。

"我不希望别人的施舍。"孩子回答。

"你没见过你家来客人时你父亲用酒或者咖啡招待他们吗？你现在就是我的客人，如果你不接受我的招待，那我们刚才的话也不能付诸行动了。"

"那我就吃一点儿吧，重要的是一个人一定要干好属于自己的那份工作，而且不能有外债，这样生活慢慢就好了。"小斯尼奥里富说。

"你的这句话值千金。"老板说着，拿出手绢悄悄擦去脸上的泪水。

小斯尼奥里富看了看老板说："我父亲从来没哭过。"片刻后又接着说，"我从小到大也没哭过，父亲死了我也没哭过，其实我好想哭，但我又怕父亲看不起我……"说完他再也抑制不住内心的悲痛，倒在老板怀里大哭起来，眼泪一滴一滴掉在地板上……

来自圆珠笔的梦想

【南非】道恩·平诺克

在非洲，你可能会遇到一些孩子向你讨要些什么，在他们身上或许会衍生出一些故事。不过在下面的这则故事中，男孩的要求十分微薄，然而其后来的经历却并不寻常。

那是 1999 年一个炎热的日子，我伫立在埃塞俄比亚的一座大桥上遥看远方。一名佩戴着护身符的当地男孩走近我，向我介绍他自己。

"我叫马里希特·达利斯"，他说，"我给你展示一下埃塞俄比亚的色彩。"随即，他熟练地将一只编织的手镯绑在我的手腕上。"我不要钱——只是做个朋友，OK？"

"OK，马里希特"，我答道，"谢谢你。"

这座桥位于巴哈尔达尔附近，跨越壮观的蓝尼罗河的上游，而蓝尼罗河则从塔纳湖奔腾而下。马里希特当时是在放学回家的途中，见到我后便想与我练习一下英语对话。

我察看了一下他的护身符——上面分布着绿色、黄色和红色的精细条纹——拉斯塔法里教徒的色彩；又端详了他那轮廓精致、蜂蜜色的脸庞，浓密卷曲的黑发以及开朗笑容。他的身上透射着悠古而纷繁的文化。当欧洲人还在用泥土和草叶搭建屋子时，他的祖先已经可以用岩石构造华美的宫殿，用花岗岩雕琢精美的大象雕像。

"这些色彩表示什么？"我问。

"绿色代表土地，黄色代表教堂，红色……红色……我记不起来了。或许你能发现它的含义。"男孩露齿而笑。

过了一会儿，他忽然向我讨要一支圆珠笔。

"只要一支？"我好奇地问道。一般非洲的孩子会向游客讨要一些钱或其他东西。

"是的，只要一支笔。我如果没有笔，就不允许进入校门。我的笔今天用完了。我家里太穷，买不起笔，可我喜欢上学。我想有一天，我要去当一名医生或者会计师，所以我得学习。你有笔给我吗？"

我在旅行时一般都会随身携带一盒廉价的圆珠笔，因此我从盒子里抓了一把给他。马里希特接过圆珠笔后欢欣鼓舞，而我则觉得这种微不足道的给予十分值得。

"能给我你的地址吗？我以后给你写信。"马里希特说。

"OK，不过你或许可以给我的女儿罗曼妮写信"，我解释道，"她的年龄与你差不多，我保证你们俩之间会有很多有趣的事情要谈。"

当我返回开普敦后不久，我女儿就接到了一封贴着异国风情邮票的信，是马里希特写来的。

"我亲爱的朋友……"信的开头写道。在这封以优美的字体写出的信里，马里希特谈到了他的家庭，巴哈尔达尔的村庄以及他希望有一天能成为一名有技能的专业人士的理想。我的女儿在看完信之后，立刻写了一封回信。

从那天开始，两个儿童之间的通信持续了好多年，直到有一次罗曼妮写去的一封信没有获得回信而终止。马里希特离开了学校？也许他去了某个农场打工而附近没有邮局？或许他到亚的斯亚贝巴去乞讨了？因为许多农村的孩子都在城市乞讨。埃塞俄比亚毕竟是一个长期处于贫困状态的国家。

逐渐地，马里希特在我的记忆中成了过去的一部分。

2011年10月，我正在南非自由邦省旅行。突然，我的手机响了。因为正在开车，我不打算接听这个电话。可是，它一直响个不停，我便拿起了手机。

"喂"，电话那头是一个男子的声音，"是道恩·平诺克吗？"

"是的，你是谁？"

"我是马里希特·达利斯。你在埃塞俄比亚尼罗桥遇到的，你还记得我吗？"

"当然，我记得。"我说。

"我在你的网址上发现了你的电话号码。"他又说道。通话质量不太好，声音时响时弱。马里希特向我要了我的E－mail地址。

"我会给你发E－mail的。"在通话完全中断之前，他说了最后一句话。我有点困惑，这名以前那么贫困，那么瘦弱的男孩，怎么会有手机和上网的工具？

几个星期后，我收到了马里希特的一份 E—mail。

亲爱的平诺克：

我很高兴能再次与你通信！我之前尝试了许多次想与你联系，却未能如愿。那天真是上苍所赐，本来我没有料到那个电话会接通。自从我们上次相遇以来你过得怎么样？

这份 E—mail 向我叙述了他如何去了荷兰，又因为某些缘由而没有在那里学习。后来他转道去了伦敦。过去的四年，他都在那里生活。他的 E—mail 的结尾最令我感到欣慰：

我目前在布鲁尼尔大学学习，学习的目标是将来成为特许会计师。请保持联系。

上帝保佑你和你的家庭。谢谢你当年给了我那些圆珠笔。

你真诚的马里希特

"向上！"

何畅

在秘鲁的首都利马，有成千上万的孩子在饥饿、贫穷的日子中生活，他们中很多人都是孤儿。这些孩子有的在利马脏乱的街道上兜售自己的技术——他们使用廉价的鞋油招揽游客，为他们擦鞋，从而养活自己；有的在人多处钻来钻去大声吆喝着卖小报以帮补家用；有的干脆跟在体面的游人后面，礼貌而机灵地或为他们引路、或帮他们拎包以讨要几个索尔为生。

这是 1987 年夏天的一个下午，匆匆去往利马塞拉同宾馆的美国国际经济发展咨询专家布鲁斯·艾伦·约翰逊先生突然听到背后有人用西班牙语对他喊："先生，您能给一个挨饿的孩子 100 索尔（当时合 22 美分）吗？"

布鲁斯先生转过身，见一个穿着破烂 T 恤衫的黑发少年朝他走过来。他眼里闪着机敏的光。很显然，这是一个街头流浪儿。

"你可比我还胖啊！"布鲁斯笑着说。

"是啊，不过，大部分游客在有人要钱时都给，"少年并不十分失望地说，"不管给不给，还是谢谢了。再见。"

当他转身要走时，布鲁斯先生叫住了他："我正想吃点儿有名的辣味肉粽，你知道哪儿有吗？"

"朋友，我知道整个利马城里最好的辣味肉粽！"

他将这位咨询专家带到一个年久失修的小店，在那里，他们享用了极好的肉粽和咖啡。布鲁斯先生在世界各地见过很多苦难的孩子，而他觉得眼前这个孩子看上去却不一般，尽管有露宿街头的不幸，他对生活却充满热情和爱恋。

"你叫什么名字？几岁了？"布鲁斯问。

"大卫，10岁。"流浪少年爽快地回答。

大卫——布鲁斯不由得想到《圣经》里那位杀死巨人哥利亚的勇士，他因为热爱自己的人民而成为伟人。当然，他知道这些联系显然有些牵强附会。不过，他当真有些喜欢眼前这个少年了。

"我叫布鲁斯。"他说。

"啊，布鲁斯先生。"他用的是西班牙发音。

布鲁斯先生发现大卫已经开始舔那裹肉粽的玉米包皮，就又给他买了一块。

"大卫，"他问道，"你想干点什么？你打算怎么生活？"布鲁斯先生从刚才的谈话中已经得知，他没上过学，但一直在坚持自学，而且拥有两本平装小说和一本旧的字典，并为此感到自豪。

听到布鲁斯先生的问话，大卫抬起头来，用那样一种锐利的目光直对着他的眼睛。"我想建立自己的擦鞋业。"他的话里包含着一种坚定的决心，而这种决心只有那些明确了自己的目标，而且坚信这一目标终归能够实现的人才会有。

"大卫，你有资金吗？"布鲁斯先生接着问。大卫把手伸进他那破牛仔裤的口袋里，掏出一把 500 索尔的票子，总共合 9 美元。在秘鲁，对一个孩子来说，这已经是很多了。所以，布鲁斯先生略略有点吃惊："你从哪里弄到那么多钱？"

"从游客那里。"大卫一点也不掩饰地回答。

布鲁斯先生点了点头，表示相信。他知道，一般来说，游客都有一颗慈善的心。

"大卫，你听我说。"大卫睁大眼看着布鲁斯。"我想当你的风险投资人。就是说，我给你提供你所需要的短缺资金，而你得把赚的钱给我一部分，公平吗？"

大卫想了想，点了点头。

"那么，大卫，让我们来算一笔账。这位女士在做卖肉粽的生意，她每块肉粽要 25 索尔，我觉得价格很合理。可是，假如她每块肉粽要 1000 索尔呢？"

"嘿，朋友，你要是买的话，你就是个十足的傻佬！"

"说的对。不过，我很可能不买，是不是？"

大卫用力点点头。

"成交一笔生意时，价格就是顾客乐意出的钱，它是由顾客决定的。"

"嗯，那我该要多少钱呢？"

"别人现在擦一双鞋要多少钱？"

"275索尔。"大卫马上又补充道："但是，他们多数都没什么技术！"

"你觉得你能和你的竞争者——其他的擦鞋工们擦得一样好吗？"

"我比他们谁擦得都好！"

"那你为什么不提供更好的服务，并多收几索尔呢？如果你比别人擦得都好，人们会乐意多付一些钱给你的。"

"真的？"

布鲁斯先生抚摸着他的头，说："真的！走，咱们买擦鞋用具去。"

在一家萧索的小店，他们以廉价购得一只用过的旧擦鞋箱，又买了鞋油、刷子和擦布。这时大卫已负债9美元。

他决定把鞋摊儿摆在圣马丁广场，想了想，又觉得不妥，那里已经有20多个有稳定顾客的擦鞋工了，挨着他们，生意不一定好做。

"哪里还有人多的地方呢？"布鲁斯先生提醒他。

"去塞拉通宾馆！"大卫眼睛一亮，"那里有一车一车的游客，他们都有一颗慷慨的心和一双穿脏的鞋。像您。"大卫望着布鲁斯先生，笑了。

在去塞拉通宾馆的路上，他们讨论了怎样公平地与已经在那里的几个孩子竞争的问题。最后，他们一致认为，技术水平和服务态度应是赢得生意的最有效的手段。

来到塞拉通宾馆，大卫问清了布鲁斯先生的房间号，就拉开架式摆起了鞋摊儿。

在宾馆大厅里，布鲁斯先生说服了一位英国游客出去把鞋擦一擦，他给大卫带来了第一位顾客。

大卫小心地挽起那位英国游客的裤腿，取出相应颜色的鞋油，以极大的热情投入了工作。大卫快速地拉动着他的擦布，其派头犹如小提琴大师海费茨拉他的小提琴，那位英国人也对他的技艺惊叹不已。不一会儿，那双鞋就被擦得明亮洁净，好像新鞋一般。

"你干得真出色，小家伙！"那位英国人说，"你要多少钱？"

大卫看了看布鲁斯。布鲁斯两手一摊，让他自己决定。

"300索尔，先生。"

布鲁斯先生笑了。300索尔——把竞争价高出6美分。

那位英国游客从口袋里抽出一张500索尔的票子，"这是付给干活儿出色的人的。"说完，把票子递给了不知所措的大卫。"下午晚些时候我再动员几个朋友也到你这儿来，再见！"

看着这生平第一次挣得的钱，大卫不禁热泪盈眶。布鲁斯先生朝他挤了挤眼，就转身回到他在塞拉通宾馆的房间去了。但他仍不时从阳台上探出身来，看那男孩儿怎样像勇士战胜哥利亚巨人那样在竞争中取胜。

大卫的顾客逐渐多了起来。他发明了一种招揽顾客的方法，这种方法从未失败过。每当他见到有人走过来，总是上前躬身施礼，喊道："先生，我擦得最好！"

几个小时后，看门的人给布鲁斯先生打来电话，说他们抓住了一个企图溜到他房间里来的流浪儿。这个孩子不停地威胁说，要是他们把他推出去，布鲁斯先生会把他们赶过安第斯山，赶到厄瓜多尔去。

布鲁斯先生笑了。"那个孩子是我的经营伙伴，"他说，"请让他马上进来！"

大卫挺着他那 1.2 米高的身板，拍拍擦鞋箱上的尘土，神奇非凡地走进了电梯。

布鲁斯先生打开房门，见大卫手里捧着一堆 100 索尔的硬币和 500 索尔的票子。"我不知应该怎样和您分成，但我必须给您。"

他们一起把钱数了数。等还够布鲁斯先生那 9 美元投资以后，大卫还剩下 2.7 美元。布鲁斯默默地看了一会儿这位小企业家，说："为你自己攒学费，多学点知识挣大钱吧。"他知道，从那以后，大卫会挣得更多。

大为定睛望着他的投资者，在转身要走前，伸出了那沾满了鞋油的小手。"先生，"他轻声说，"将来，我会挣到足够的钱到美国去看您。"

布鲁斯紧紧握住他的手。"那真是太好了。但同时你会挣到很多的钱给秘鲁的！"

大卫沉默了一会儿，说："我会的。"他走了几步又停下，回过头来看着布鲁斯。"向上！"他一边喊道，一边拇指向上，把胳膊举到空中。

　　"向上！"布鲁斯先生回应着，笑了。他看到大卫那染黑的拇指下，是一条擦布。

词典的故事

阿来

　　我出生在一个偏僻的小山村里，上的是两个班合用一个教室一个教师的复式教学的小学。快读完小学了，不要说现在孩子们多得看不过来的课外书与教辅书，我甚至还没有过一本小小的字典或词典。那时，我是多么渴望自己有学问啊，我觉得世界上的所有学问都深藏在张老师那本翻卷了角的厚厚的词典里。

　　毕业前学校要组织大家到 1.5 公里外的刷经寺镇上去照毕业照。这个消息早在一两个月前，就由老师告诉我们了。于是，我们便每天盼望着到那个当时对我们来讲意味着远方的小镇去看看。

　　星期天，我照例要上山去，要么帮舅舅放羊，要么约小伙伴们上山采药或打柴。做所有这些事情都只需要上到半山腰就够了。但是这一天，有人提议说，我们上到山顶去看看刷经寺吧。于是，大家把柴刀和绳子塞进树洞，气喘吁吁地上了山顶。那天阳光朗照，向西望去，在逐渐融入草原的群山余脉中间，一大群建筑出现了。那些建筑簇拥在河流左岸的一个巨大的十字街道周围。十字街道交会的地方有小如甲虫的人影蠕动，在那些人影上面，有一面红旗迎风飘扬。大家都不说话，似乎能听到那旗帜招展的噼啪声响。我们中有人去过那个镇子，也有人没去过，但我们都像熟悉自己的村庄一样熟悉那个镇子的格局。

不久以后，十几个穿上新衣服的孩子，一大早便由老师带着上路了。将近中午时分，我们这十多个手脚拘谨东张西望的乡下孩子便顶着高原的强烈阳光走到镇上人们漠然的目光中和镇子平整的街道上了。

第一个节目是照相。前些天，中央电视台的《人物》栏目来做节目，我又找出了那张照片。照片上那些少年伙伴，都跟我一样，瞪大了双眼，显出局促不安，又对一切都十分好奇的样子。照完相走到街上，走到那个作为镇子中心的十字路口，一切正像来过这个镇子与没来过这个镇子的人都知道的一样：街道一边是邮局，一边是百货公司，一边是新华书店。街的中心，一个水泥基座上高高的旗杆上有一面国旗，在晴朗的天空下缓缓招展。再远处是一家叫做人民食堂的饭馆，我们一群孩子坐在旗子下面的基座上，向东望去，可以看到我们曾经向西远望这个镇子时的那座积雪的山峰。太阳照在头顶，我们开始出汗。

我伸在衣袋里的手也开始出汗。手上的汗打湿了父亲给我的一元钱。父亲把吃饭和照相的钱都给了老师，又另外给了我一元钱。这是我那时可以自由支配的最多的一笔钱。我知道小伙伴们每人出汗的手心里都有一张小面额的钞票，比如我的表姐手心里就攥着五毛钱。表姐走向了百货公司，出来时，手里拿着许多五颜六色的彩色丝线。而我走向了另一个方向的新华书店。

书店干净的木地板在脚下发出好听的声音。干净的玻璃柜台里摆放着精装的毛主席的书，还有马克思、列宁的书。墙壁上则挂满了他们不同尺寸的画像，以及样板戏的剧照。当然，柜子里还有一些薄本的鲁迅作品，再加上当时流行的几部小说，这就是那时候新华书店里的全部了。我有些胆怯地在那些玻璃柜台前轻轻行走，然后，在一个装满了小红书的柜台前停了下来。因为我一下就把那本书从一大堆毛主席的语录书中认了出来。

那本书跟语录书差不多大小，同样的红色，同样的塑料封皮，但上面几个凹印的字却一下撞进了我眼里：《汉语成语小词典》。我把攥着一块钱人民币的手举起来，嘴里发出了很响的声音："我要这本书！"

书店里只有我和一个伙伴，还有一个营业员。营业员走过来，和气地笑了："你要买书吗？"我一只手举着钱，一只手指着那本成语词典。

但是，营业员摇了摇头，她说她不能把这书卖给我，因为买这本书需要证明，证明我来自什么学校，是干什么的。我说自己来自一个汉语叫马塘藏语叫卡尔古的小学，是那个学校的五年级学生。她说："那你有证明都不行了。这书不卖给学生，再说你们马塘是马尔康县的，刷经寺属于红原县。你要到你们县的书店去买。"

我的声音便小了下去，我用自己都听不清的声音说了一些央求的话，但她依然站在柜台后面坚决地摇着头。然后，我的泪水便没出息地流了下来。流泪是因为我心里的绝望，也因为恨我不敢大声表达自己的想法。父亲性格倔强，他也一直要我做一个坚强的孩子，所以我差不多没有在人前这样流过眼泪。但我越想止住眼泪，这该死的液体就越是欢畅地奔涌出来。

营业员吃惊地看着我，脸上露出了怜悯的表情。她说："你真的这么喜欢这本书？""我在老师那里看见过，我还梦见过。"现在，这本书就在我面前，但是它与我之间，却隔着透明但又坚硬、冰凉的玻璃，比梦里所见还要遥不可及。

营业员脸上显出了更多的怜悯，这位阿姨甚至因此变得漂亮起来。她说："那我要考考你。"我看到了希望，便擦干了眼泪。她说了一个简单的成语，要我解释。我解释了。她又说了一个，我又解释了。然后，她的手越出柜台，落在我的头顶，深深地叹了口气，说："不容易，一个乡下孩子。"然后她便破例把这本小书卖给了我。

从此，很长一段时间，我都像阅读一本小说一样阅读这本词典。从此，我有了第一本自己的藏书；从此，我对于任何一本好书都怀着好奇与珍重之感。

好少年卡洛斯

何畅

那是 1960 年冬末的一天，天气格外寒冷，法国阿讷西城乡间一幢极普通的农舍里，传出一阵一阵悲恸的哀哭——正当壮年的西蒙先生钓鱼时心脏病突发，抛下体弱多病的妻子和 9 个未成年的孩子撒手西去了。尽管西蒙先生生前并不十分经心自家农场的活计，并且素有"游手好闲"之称，但是，他的去世，还是给了这个家庭以沉重的一击。好比一艘船上突然失去了船长，茫然无措的水手们不知下一步该将摇摇遇毁的的船驶向何方。

西蒙太太泪眼婆娑地望着孩子们惊恐不安的眼睛，心都要碎了。随后，他将目光停在了 16 岁的长子卡洛斯的身上。

其实，早在一年多以前，卡洛斯就开始料理农场了，农场里的活计他差不多样样都干得不错。与父亲相反，卡洛斯是个责任心极强又勤劳肯干的少年。此时，迎着母亲伤恸而无奈的目光，看着身边 8 个比他年幼、更需要有人照顾的弟妹，他已经明白今后家庭的重担无疑将落在自己的肩上。

卡洛斯帮助母亲整理父亲留下的那些杂乱的账目，发现西蒙先生去世前曾卖过一些玉米给村里的乡绅杜恩，钱还没有收回来，他决定上门去要。

卡洛斯来到乡绅家，敲了敲门，很快有仆人领他来到了杜恩的办公室。

卡洛斯走进去，背对着门，双手托着帽子，恭恭敬敬地站好。

"你好，卡洛斯。"乡绅说，"你有什么事吗？"

卡洛斯说明来意。

"噢，不错。"乡绅说，"你看我都忘了，真对不起！"

他站起身，伸手慢腾腾地从衣兜里掏出一只棕色的大钱包来，打开，取出一张崭新的1法郎的钞票，递给卡洛斯，又坐回到桌前。

"我原不想为这点钱打扰你的，可我们的确太需要它了……"卡洛斯解释说。

"没什么，"乡绅慢吞吞地说，"我早该记着这事儿，可我忘了。因为你父亲还欠我钱，共40法郎。"

卡洛斯惊得一时说不出话来。40法郎！天哪！这对于他们一家人来说可是一大笔钱啊！

乡绅注视着卡洛斯。一会儿，他问：

"你今年多大年纪，孩子？"

"16岁，先生。"

"你觉得你什么时候可以还清你父亲欠我的40法郎呢？"

乡绅问。

卡洛斯脸色苍白："我不知道，先生。"

乡绅站起来："但愿你不要像你父亲那样，"他说，"他这人懒得要命，从来不肯努力干活儿。"他说着握了握卡洛斯的手，"祝你好运，孩子！"

卡洛斯从那一握中感受到一种从未有过的信任，在门口和乡绅说"再见"的时候，他已经不再紧张。

那一年的夏天，卡洛斯到别人家的农场帮工，工钱虽然不多，但总算有了收入。开始，没有人愿意雇他，人们对他懒惰的父亲记忆犹新，所以总把适当的活计让别家的男孩子去干。后来，经过不懈的努力，卡洛斯终于赢得人们的信任。他除了每周六出去给人帮工，其余每天的晚上和周日一天在自家地里干活。

这个夏天的辛勤劳作使卡洛斯家的那一小块地里不但长出了足够全家食用的水果和蔬菜，还剩下了一些拿到集市上去卖了钱，这可是破天荒的头一次！

卡洛斯整个夏天都在忙碌，他的皮肤晒黑了，身体却更加强壮了。有时候能够轻松一下，卡洛斯也舍不得闲下来——他会马上记起乡绅杜恩的那40法郎，便又出去找活干了。他常常会奇怪地想，世界上有那么多的事情需要去做，当初父亲怎么还有时间去钓鱼寻乐？

一开始，卡洛斯把挣来的钱全都交给母亲，后来，每次领到工钱，他都省下一点。到8月底，他已攒够了1法郎。手里攥着这 1 法郎，卡洛斯心里便有了底，他感到总有那么一天自己会把欠乡绅杜恩的钱还清的。10 月中旬，卡洛斯攒到了 5 法郎，可以先还乡绅一些了。

有天晚饭过后，卡洛斯又来到乡绅家。

"坐吧，卡洛斯。"乡绅说，"我知道，这个夏天你很勤奋，许多人都在夸奖你。如果你今冬需要钱的话，我很乐意帮助你。"

卡洛斯感到脸上有些发烧。

"我什么也不要，先生。"他说着，伸手从衣兜里掏出钱来。

"我想把欠你的钱先还一些，尽管才只有 5 法郎。请你收下吧！"说着，把钱递了过去。

杜恩数了数，走到书桌前，把钱放进抽屉。

过了几天，卡洛斯碰上了夏天和他在一个农场上给人帮工的印第安人塞夫。塞夫告诉卡洛斯，每年冬天他都去森林里猎捕野兽，能猎到许多毛皮，仅仅去年一冬就挣到 200 法郎呢。

"200 法郎！"卡洛斯眼睛一亮。难怪一到冬天，塞夫就往北走，钻进大森林里去呢！他马上请求塞夫："今年冬天我能和你一起去吗？"

塞夫仔细审视了一下卡洛斯，问："你有猎枪和捕野兽用的夹子吗？"

"没有，"卡洛斯摇摇头，"买这些东西要多少钱？"

"75 法郎。"塞夫说。

卡洛斯知道，只有一个人可以帮助他。

当晚，卡洛斯又来到了乡绅家，到处漆黑一片，只有乡绅的办公室还亮着灯光，卡洛斯能看见乡绅坐在书桌前的身影。卡洛斯感到一阵紧张，一时竟什么也想不起来，更说不出话来。

"说话呀，孩子！"乡绅提高了嗓音。

终于，卡洛斯鼓足了勇气说明了来意。

"75 法郎！"乡绅叫了起来："你是说让我把这么多钱借给一个从没有捕猎经验的毛头小子？"

"我只想借你 60 法郎就够了。"卡洛斯说，"可是，如果你不肯，我就不再麻烦你了！"

"住口！"乡绅呵斥道，"如果我借钱给你，就必须确信你不会在森林里饿死，要不，我的钱不是再也收不回来了吗？这一点你应该明白！祝你走运，明年春天一回来，就马上到这儿来见我！"

这个冬天，卡洛斯学会了许多本领，打猎，布设夹子，在森林里生活。大森林锻炼了他的体魄，也使他更加勇敢了。

来年的 3 月上旬，卡洛斯已捕获了许多野兽，堆在地上的毛皮几乎和他的个子一样高了。塞夫说，卖了毛皮，卡洛斯至少能挣 200 法郎！

塞夫想一直干到四月份，而卡洛斯却准备回家了。这个16 岁的孩子已经是归心似箭，恨不能一步踏进家门了。

就这样，卡洛斯独自一人踏上了回家的路。

傍晚时分，卡洛斯感到腿疼了起来，肩上的行李似乎更重了。可是，当他一眼看见那条河时，就马上又兴奋起来，因为这意味着过了河他就基本上到家了。

卡洛斯一步步踏上横在河面上的树干，薄薄的冰面下面是湍急的水流。隔着冰层，卡洛斯能清晰地听到水流的声音。可是，意想不到的事情发生了。当他走到一半的时候，脚下的树干开始摇晃。卡洛斯身子猛地一歪从树干上掉了下去，砸到冰面上，冰碎了，他连叫一声都没来得及就沉入水里。猎枪、毛皮和夹子都从卡洛斯身上滑落到河水中。他下意识地伸手去抓，但湍急的水流很快就把它们冲得无影无踪了。卡洛斯在冰冷的河水中挣扎着游到对岸。这下子他又一无所有了！

卡洛斯没有回家，而是直接来到乡绅的办公室。天已经很晚了，卡洛斯发现乡绅在办公室里，便敲门进去。他对乡绅说了事情发生的全部经过以及自己失足落水的悔恨心情。

乡绅静静听着，一句话也没有说。直到少年讲完，他才说："我们谁都需要一个学习的过程，只是通过这样的教训来学，对你我来说都是运气不佳罢了。先回家去吧，孩子。"

为了维持一家人的生活，卡洛斯在这个夏天仍旧拼命地干活儿，在自家地里种了玉米和土豆，还经常到别人家的农场上帮工，夏天过完时，他又节省了5法郎给乡绅。可是，他还欠乡绅105法郎——他父亲借的30法郎，还有买猎枪和夹子用的75法郎。卡洛斯觉得，也许自己一辈子也还不清了。

10月到了，乡绅派人把卡洛斯叫来。

"卡洛斯，"乡绅说，"你已经欠我很多钱了，为了能收回这些钱，我倒有一个好办法，再给你一次今冬到森林打猎的机会。如果我再借给你 75 法郎，你还愿意去吗?"

卡洛斯几乎不相信自己的耳朵了。他激动地望着乡绅的眼睛，好半天才说出了那两个字："愿意。"

这一次，卡洛斯得独自一人前往森林去了，因为塞夫已挣到足够的钱，搬家到别的地方去了。不过，卡洛斯对他这位印第安人朋友所教的一切都还记得清清楚楚。他住在塞夫建的小木屋里，在那个漫长孤独的冬季，他天天打猎，从不间断，而且一直干到来年的 4 月底才往回返，那时，他获得了那么多毛皮，以至于连夹子都无法带回去，只能留在那座小木屋里了。

卡洛斯又一次来到那条河边，河里的冰已全消融了，他花了一天的时间，做了一个木筏，渡过了河。

到家后，卡洛斯立刻着手清理他的猎物。他到集市上将毛皮卖了 300 法郎，还清了乡绅那儿借来买猎枪和夹子的 150 法郎，又把父亲过去借的钱一一数出来送到乡绅手里。

夏天又到了，今年卡洛斯不必再去别人的农场帮工，他只在自家的地里干活儿，还抽空读书练字、掌握了许多有用的知识。

以后的 10 年里，卡洛斯每个冬天都到森林里去打猎，后来他用毛皮换来的钱买了一个更大的农场。他还不时地到乡绅的石头房子里去看望他，这位老人已让他感到一种真实的爱。

卡洛斯 30 岁时，已成了村镇上有头有脸的人物。那一年乡绅去世了，在他的遗嘱中明确地写着，那座大石头房子和许多钱都留给了卡洛斯，同时还留给他一封短信。

卡洛斯打开信，发现那是乡绅在自己第一次向他借钱去森林打猎时写的。

"我亲爱的卡洛斯，"信上写道："我从未借钱给过你父亲，因为我对他根本就没有信心。但是我第一次见到你时，就很喜欢你，我想证明你和你父亲不同，所以才考验你。祝你好运！卡洛斯。"

除了信，信封里还装着 40 法郎！

披肩

书桂

赶集的日子又到了。清晨，凯薇跟着母亲，搭上一辆马车，带着母亲制的陶坛和酒樽，准备到集市上换一些食品和生活必备品。

巴基斯坦的初夏时节是非常迷人的。从凯薇住的村落到集市要经过很长的一段颠簸路，这路经过变幻莫测的沙漠，从沙土覆盖的灌木丛中穿过。沿途可以看到草原牧羊犬追随着那些散散漫漫的羊群。有时，前方的道路上会突然窜过一条飞跑的蜥蜴，把蹒跚的蟾蜍远远地抛在了后面。有时，在远处的土坡上，会有一只娇小的羚羊倚石翘首而立；或者，一只孤独的老狼，垂着尾巴，不紧不慢地跑过。凯薇欣喜地走在路上，看着一路风光，想象着热热闹闹的集市。

快到集市的路边，有一间杂货铺，橱窗里面挂着一条漂亮的披肩，蓝色的衬底，托着用红线编织成的图案，下摆垂着一缕缕的丝线，看上去柔软、舒适。它那么夺目地悬挂在小铺里，吸引着过往的行人。人们都欣赏那条披肩，像是观摩一件珍贵的艺术品。凯薇每次路过那家小铺，总情不自禁地要盯着那条披肩看一会儿。一次，当母亲的手轻轻拂掠过那条披肩时，凯薇发现，妈妈是多么地喜欢它、需要它。这时，在凯薇的心灵深处，一个不容拒绝的声音在说话："那条披肩是为妈妈织的。"是啊，想到终日操劳的母亲围上这条披肩该是何等的柔美、亮丽，凯薇激动的心便怦怦直跳。

又到那间小铺跟前了，凯薇和母亲一同走进去，他们不约而同地将目光投向那条披肩。凯薇靠近那条披肩，手指轻轻地触摸着。

"您要买它吗，妈妈？"她把脸颊贴在柔软的羊毛披肩上，急急地问。

"不，亲爱的，"母亲摇摇头，很快将目光移开，"我们需要的是食物，不是它。"

"可是，您的确需要一条披肩，哦，就是这条，妈妈，"凯薇大声喊着，"您需要它，而且喜欢它！"

"不要再说了，我的女儿，"妈妈打断了她，"我们的钱只够买食物。"

凯薇静静地站着，纷繁的思绪在她脑海里跳跃着："妈妈应该有那条披肩！"

妈妈先把食物带回了马车。这时间，凯薇来到货主身旁。他是个风趣的人，对她和蔼可亲。

"我想知道那条披肩要多少钱？"凯薇问道，"那条蓝色镶有红边的。"

"6美元。"

凯薇盯着那条披肩，沉思了一下，然后把手移向自己颈部。

"看，这是我的项链，非常漂亮，当阳光照在这些贝壳上时，它们就像天一样蓝，我想……"凯薇抬头望着货主的眼睛，货主弯下腰，看了看凯薇的项链，并给了她一个鼓励的微笑。凯薇继续说下去，"我想卖掉它，您愿意买下来吗？"

"是的，"他似乎很认真地点了点头，"这真是一条漂亮的项链，我将付2美元，如果你愿意……"

凯薇有些失望。"2美元？您看，我想换那条披肩——"她用手轻轻摩挲着项链上的粉红的贝壳。

"噢，小宝贝，那条披肩值更多的钱，项链换不到它。"

回家的途中，凯薇已无心再看那些小蜥蜴、野兔和草原牧羊犬，也不再留恋那些美丽低伏的苜蓿草和仙人掌丛。她默默无语，小脑袋瓜里满是怎样才能挣到足够的钱，让妈妈戴上那条本该属于她的美丽的披肩。

她曾经在一位老人的指导下，学习过怎样织布。可在她这个年纪里，哪怕织很小一块布，都要花费很长的时间。她也跟母亲学过制陶，可手艺还不够好。而现在季节还太早，还没有桃子、杏子可摘。她再没有什么可以拿去换钱的了，除了那条心爱的项链。

当凯薇和母亲再一次来到那家小铺时，凯薇亟不可待地搜寻着那条披肩。可是，她竟没看到它！她感到心脏像是停止了跳动。披肩已经卖出去了——而它本该属于母亲！热泪涌出来，烫着她的眼睑。

"它已经卖出去了吗？"她用难以抑制的颤抖的语气问货主，"那条漂亮的披肩，它已经卖出去了吗？"

货主迷惑地望着凯薇。

"披肩？"他问，随即，像记起了什么似的，他的眼神立刻闪烁着光彩，"不，它还在这儿，你想要吗？"他笑着问。

一个念头在凯薇的心头一闪而过。

"是的，我想买下它，我妈妈需要它。但是，我现在没有钱，钱不够，瞧——"她用颤抖的手解下项链，把它放在货主的手心里，"等我下次再带些别的东西来，您能为我先保留这条披肩吗？"

她的声音，她的眼神，都表达了她的期盼。货主的眼里流露出一份诧异。望着刚刚走出店铺、对此也许一无所知的那个坚忍耐劳的妇女的背影，他把手轻轻地放在凯薇头上。

"告诉我，你多大了？"

"7岁，妈妈说的——是的，她告诉我，7岁。"

"哦。"货主凝神地说，"我的小女儿也是7岁。"接着，他温和地揉了揉凯薇的头发，肯定地说，"我为你保留这条披肩，孩子。"说完，他转身与其他一些顾客打招呼去了。

凯薇走回马车，兴奋得要飘起来了。那条披肩将属于她了！那条柔软的羊毛披肩披在妈妈的肩上，红色的丝穗闪亮着，多美啊！

她为自己感到骄傲——那是她为妈妈买的！

接下来的一个月非常忙碌，也非常兴奋，凯薇常常背着母亲藏匿什么东西，有时还独自一人去沙漠。

赶集的日子终于又到了，凯薇递给货主一只装有野蜂蜜的坛子。她的心扑通扑通地跳得厉害。她没说是如何弄到这些蜂蜜的，也没露出那双被蜜蜂蛰得伤痕累累的胳膊。可她语气里透着一份骄傲。

"先付这些，下次我再带些别的。"她不明白今天货主为何如此奇怪——他明明看见了她，却顾不上与她说一句话，只是转身与站在附近的一个陌生人小声地说着什么。凯薇等了好一会儿，他才转过身来对她说："我这里还有许多别的披肩，这位先生已经把那条蓝色的披肩买下了。"

这话在凯薇的耳边震荡，那样刺耳——她的披肩——那条应该属于她母亲的心爱的披肩——已在那陌生人手里！她一句话也说不出来，泪水无声地涌上眼眶，滑落到地上。然后，冷冷地看着那位陌生人夹着包裹，走出门外。这时的她一下子懂得了什么叫绝望。

凯薇心绪茫然地走出小铺，风暴般的愤怒和忧伤充斥着她的心。可是她没有再哭，只是安静地走着。

不知过了多长时间，她回了家。母亲招呼凯薇，递给她一只包裹。

"拿着这个，孩子，一个陌生人说是你买的，你用什么买的？"

凯薇的眼睛瞪得大大的，这究竟是怎么回事？那只包裹用一层白纸裹着，柔软得像一个襁褓。凯薇顾不上细想，急切地撕开了那张纸。是披肩——她的披肩！里面还夹着一张纸，用墨水写了几行字，凯薇吃力地读着，现在她真希望能在学校里多听几堂课。

"你有一颗纯洁的心，孩子，这是你给母亲的礼物，也是我给你的一份礼物。祝你快乐！"

披肩的一旁搁着她的贝壳项链。

凯薇紧拥着那条披肩，她哭了。而她的母亲还没明白是怎么回事。

是货主还是那个陌生人给了她们那条披肩？凯薇不知道。但她终于明白了一个秘密——他们都有一颗和她一样的心！

爱和人性的光辉

陈世旭

西恩是一个有身体及心智残缺的孩子。有一次在公园，西恩见到一群认识的男孩正在玩棒球，问父亲："你想他们会让我一起玩吗？"父亲想，大部分孩子应该不会愿意有西恩这样的孩子在自己的队上，但作为一个父亲他同时也知道若他们能让儿子参加，这会让他得到他所迫切需要的归属感并建立起自己虽然是残障仍能被接受的信心。

不抱太大希望的父亲走近一个男孩，问他西恩可否参加，男孩看看周围的队友，然后说："我们输了 6 分，而现在正在第 8 局上半场，我想他可以参加我们的队，我们会在第 9 局设法让他上场。"

西恩带着满脸的喜悦困难地走向他的球队的休息区，穿上该队的球衣。

在第 8 局下半场，西恩的队追了上来，还输 3 分。第 9 局上半场，西恩戴上手套防守右外野。虽然没有球往他的位置飞来，但能在场上他已经很高兴了，笑得合不拢嘴。

第 9 局下半场，西恩的队又得分了。下一棒是球队逆转的机会，而西恩正是被排在这棒。

在这个重要关头，队友们会让西恩上场打击而放弃赢球的机会吗？让人惊奇的是他们真的把球棒交给了西恩，尽管大家都知道西恩根本不可能打到球，因为他甚至不知道怎么握球棒。

然而当西恩踏上打击位置，投手已经明白对手为了西恩生命中重要的这一刻放弃赢球的机会，所以他往前走了几步投了一个很软的球给西恩，让他至少能碰一下。

第一球投出来，西恩挥棒落空。投手又再往前走了几步投出一个软软的球给西恩。当球飞过来西恩挥棒打出一个慢速的滚地球，直直地滚向投手。球赛眼看就要结束。

投手捡起这软软的滚地球，就可轻易地把球传给一垒手，让西恩出局而结束这场球赛。然而投手把球高高地传往一垒手的头顶上方，让他所有的队友都接不到。

每个站在看台上的人不管是哪一队的都开始喊着："西恩，跑到一垒！跑到一垒！跑到一垒！"

西恩这辈子从来没有跑过这么远，但他努力跑到了一垒。他踩上垒包，眼睛睁得很大而且很惊喜。每个人都喊着："西恩，跑向二垒，跑向二垒！"刚喘过气，西恩蹒跚着跑向二垒，很辛苦地往垒包跑。

就在西恩往二垒跑时，右外野手拿到了球，这个全队最矮的孩子第一次有了成为英雄的机会。他完全可以把球传向二垒，但他也把球故意高高地传过三垒手的头顶去。当前面的跑者往本垒跑时，西恩跌跌撞撞地往三垒跑。

大家都喊西恩："跑向三垒，跑向三垒！"

西恩能到达三垒是因为对方的游击手跑来帮忙将他带往三垒的方向，而且喊着："跑到三垒，西恩，跑到三垒。"

当西恩抵达三垒，双方的选手和所有的观众都站起来，高喊着："西恩，全垒打！全垒打！"

西恩跑回本垒踩上垒包时，大家为西恩大声喝彩，就像他是打了一个大满贯并为全队赢得了比赛的英雄一样。

那一天，看台上的父亲泪流满面，两队的男孩子把爱和人性的光辉带进了这个世界。

西恩没能活到另一个夏天，他在那年的冬天逝去，但他从没忘记他曾经是个英雄而且让大家那么高兴，以及他回家时看着妈妈流着泪拥着她的小英雄的那一天！

在无外力干扰下，大自然所创造的一切都是完美的。西恩来到这个世界，也是一个展现人类真实本性的机会。只不过这一次体现在别人如何对待他上面。

我们每天都有无数的机会可以体现大自然的法则，把爱和人性的光辉传递下去。很多人与人之间微不足道的互动都是一个选择的机会。

一位智者说：要评价一个社会，先要看这个社会如何对待他们之中最不幸的人。

但愿我们的每一天都是西恩日。

一个低智商的孩子

玉平

　　四十多年前的一天，正在读高中二年级的加拿大少年琼尼·马汶被学校聘请的一位心理学家叫到办公室。心理学家对他说："琼尼，我看过了你各学科的成绩和各项体格检查，对于你各方面的情况我都仔细研究过了。"

　　"我一直很用功的。"马汶插嘴道。

　　"问题就在这里，"心理学家说，"你一直很用功，但进步不大。高中的课程看来你有点力不从心，再学下去，恐怕你就浪费时间了。"

　　马汶立刻用双手捂住了脸："那样我爸爸妈妈会难过的。他们一直巴望我上大学。"

　　琼尼·马汶的爸爸是木匠，妈妈是家庭主妇。这对夫妇节衣缩食，一点一点地在存钱，他们是在为儿子上大学而作准备。这一点，马汶是最清楚不过的。

　　这个只有 16 岁的少年，尽管在一次又一次的智力竞赛中名落孙山，但他并不灰心。人的美好特质是多种多样的，怎能以一份智力试验定夺？他始终相信在某一方面，他也许可以发挥他独有的、奇迹般的创造，一样可以使生活充满无尽的乐趣。可是，既然父母希望他上大学，他就只好十分用功地去读那些他显得非常吃力的课程。

心理学家用一只手抚摸着孩子的肩膀，说："人们的才能各种各样，琼尼，"他顿了一下，继续他的理论，"工程师不识简谱，或者画家背不全九九表，这都是可能的。但每个人都有特长，你也不例外。终有一天，你会发现自己的特长，到那时，你就叫你爸爸妈妈骄傲了。"

这番话很对马汶的心思。但是，他只有 16 岁，该去做什么呢？"反正，"他想，"绝不能让爸爸妈妈为我而失望。"

马汶从此再没去上学。

那时城里活计难找。马汶找到一份替人整理园圃、修剪花草的活儿。他是个认真而又勤勉的孩子，整天忙忙碌碌地研究那些花草，想它们怎样才能更美丽地装点人们的生活。他常常替人出主意，帮助人们把门前那点有限的空隙因地制宜精心装点；他对颜色的搭配更是行家，经他布置得花圃无不令人赏心悦目。

不久，雇主们开始注意到这小伙子的手艺，他们称他为"绿拇指"——因为凡经他修剪的花草无不出奇的繁茂美丽。

一天，他凑巧进城，又凑巧来到市政厅后面，更凑巧的是一位市政参议员就在他眼前

不远处。也许这就是机遇——马汶注意到有一块污泥浊

水、满是垃圾的场地。作为一个园艺工人，他似乎对这块地方更加敏感。于是，他走上前去，向参议员问道："先生，你是否能答应我把这个垃圾场改为花园？"

参议员告诉他："市政厅缺少这笔钱。"

马汶说："我不要钱，只要允许我办就行。"

这使参议员大为惊异——他从政以来，还不曾碰到过哪个人办事不要钱呢！但是，他马上从这孩子脸上热诚的表情中得知：这不是玩笑。他把马汶带进了办公室。

马汶步出市政厅大门口时，满面春风：他有权清理这块长时间被搁置的垃圾场地了。

当天下午，他拿了几样工具，带上种子、肥料来到目的地。他的行动马上得到了知情者的有力支持——一位热心的朋友给他送来了许多树苗；一些相熟的主顾请他到自己的花圃去剪玫瑰插枝；有的陌生人还提供了篱笆用料。消息传到本城一家最大的家具厂，厂主立刻表示要免费承做公园里的条椅。

人们的热心相助更坚定了马汶的信心。他更勤劳地操作着，更精心地设计着，每天很早，人们便看到他那忙碌而敏捷的身影。不久，这块泥泞的污秽场地就变成了一个美丽的公园：绿茸茸的草坪，曲幽幽的小径，人们在条椅上坐下来还听到鸟儿悦耳的歌声——因为马汶也没有忘记给它们安家。

这一下，全城的人都在谈论，说一个年轻人办了一件了不起的事。这个小小的公园又是一个生动的展览橱窗，人们凭它看到了琼尼·马汶的才干，一致公认他是一个天才的风景园艺家。

现在的马汶已经是全加拿大知名的风景园艺家。虽然至今他也没学会说法语，不懂拉丁文，微积分对他更是个未知数。但色彩和园艺是他的特长。他使已经年迈的父母感到了骄傲，这不光是因为他在事业上取得的成就，而且因为他能把人们的住处弄得无比舒适、漂亮——他工作到哪里，就把美带到哪里！

凌晨 1 点到 5 点的 Burger King

乐嘟

　　那天是 12 月 18 日，圣诞节前夕，我要乘坐凌晨 5：40 从多伦多去往匹兹堡的列车。想着那时已没有车从学校到车站，我就决定早点出发，索性在车站过夜，一直待到发车时间。没想到的是，约摸凌晨 1 点左右，我正看在电脑里下的美剧消磨时间，车站却要关门，旅人一律清出。

　　我拖着行李箱走出了车站，顿时有些发懵。多伦多的冬夜很冷，白日里看上去很美的雪，此时变成了脚下夹杂着污水的泥，厚厚一层，即使穿着雪地靴，一脚踩下去也能感觉到那股锥心的冰凉。

　　走了好一会儿，终于找到一家 24 小时营业的 Burger King。我走进去，看到入门的那张桌边坐着一位黑人大叔，眼巴巴的看着每个进出餐厅的人。我走到靠近点餐和收银台的第一张桌子坐下。餐厅里人很少，只有一张桌子有几个年轻人在吃东西，其他两张桌子的人都趴在那儿，桌面空空的。我明白，很多人是像我一样来这里过夜的，我等车，而他们是没有归宿。

来多伦多之前，总听说夜晚走在路上会被抢，或有女生被性骚扰等。现在一个人在外面突然想起这些，心里有些怕，于是手机、电脑统统不敢拿出来，就那么双手撑在桌子上托着下巴，无目的地转着眼睛看四周。

这时，靠门口坐着的那位黑人大叔站起来走到前台，哆嗦着手，问点餐收钱的那位大叔能不能给他一个汉堡。

"Do you have money?"（你有钱吗？）收钱的大叔问。

黑人大叔摇了摇头。

"Then we can't give you food."（那么，我们不能给你食物。）

他于是退回原座，走得很慢很慢，坐下后不停地咳嗽。这时，那几个年轻人吃完了，其中一位走到前台买了一个汉堡，到门口时把汉堡放在了黑人大叔面前，什么都没说，走了。大叔望着他的背影不住地说着"Thank you，thank you……"

不一会儿，一个大约五六十岁的黑人老大爷走了进来，他先是走到那位黑人大叔面前，又走到了我的面前，比划着，指指耳朵，又指指嘴巴，我才明白，他是聋哑人。我能感觉到他想说的话：想吃东西，冷。而我今晚因为要从加拿大的多伦多赶去美国的匹兹堡，所以带的都是整张的美金，身上没有加币，也没有零钱。我掏了掏包，只有两瓶水。我拿出其中一瓶，对他说，"Sorry，I don't have much money，I only have water，would you want some water？"（抱歉啊，我没有钱，只有两瓶水。你想要瓶水吗？）老人不住地点头，接过水，双手夹着那瓶水，拜了拜，我知道他在说："谢谢。"

2：30左右，两位少年走了进来。他们的穿着很不合身，大大的外套裹着瘦小的身体，长长的裤脚沾满了雪泥；而脚上却都穿了很漂亮的球鞋，看来鞋子是新的，因为标签还挂着没有扔掉。我在想，他们的衣服也许是偷来的，或者是捡来的吧？

他们在我旁边的桌子坐下，两个人把口袋里的所有硬币都倒了出来，数了又数，然后走到前台，看了看餐版，很开心的说："great，we can buy two."（太棒了，我们可以买个两人份。）

付完钱等餐的时候，他们又反复数了数手里的硬币，然后走向餐厅里每一个过夜的人，问他们要吃些什么。角落里有位一直趴着睡觉的老人说想要一杯咖啡。他们又走到了我的面前，问我需要些什么？我一时不知道该怎么回答，愣愣地看着他们。

"No no，I am fine."（不，不，我很好。）反应过来后我用力地摇头，想要让他们相信，我不需要什么。

于是他们给在餐厅里的那些过夜的人都买了热饮。在端着食物走向座位的时候，稍微大一点的那个男孩儿，到我跟前放下了一个2块钱的硬币。你能想象吗？他们一个硬币一个硬币地数着，为能够买两人份高兴了好一会儿，却给餐厅里的每个人买了热饮。我一时不知所措，赶紧地把那2块钱硬币塞回到他手中。那一刻，我很感动，很感动。

"Thank you so much. You are so sweet，but really，I am fine. Don't worry about me."（非常感谢，你们太好了，可我真的很好，不要担心我。）我说。

"Are you sure？"（你确定吗?）大男孩儿拿着钱，看着我。

"Yes，pretty sure."（非常确定。）我坚定地说。

这时，又进来一位男生，看样子大我一点。他买了吃的，直接坐在了我旁边，边吃边跟我搭话。

"Are you going to stay here for the whole night?"（你要在这里呆一个晚上吗?）

我点点头，没有说话。

"I don't like the paitings here. You see，the paintings there，you see. They don't match."（我不喜欢这里的画，你看那边的画，和餐厅都不搭）他指了指周围墙壁，那画里是各种各样的蓝天、白云，颜色是很亮的淡蓝色和白。

我笑了笑，因为不想搭话，我直接说，"I don't know much about art."（我不了解艺术）

男生接着想说些什么，旁边的那两个少年里较小的一个对着他喊话了，"Hey，you. She is my girl friend. Leave her alone."（嘿，她是我女朋友，请离她远点。）

我忍不住地笑出了声，哈哈，这小孩儿太可爱了。男生开始转过头去问他们，你们几岁了，这么晚了在干嘛，你们上学吗？

"不上学，上学要钱。"

"You two should go to school……"（你们应该去上学的……）于是男生给两个小孩儿讲起了道理，为什么要上学，上学是什么样的，上学有什么用……我在一旁听着，心里慢慢地暖起来。

俩男孩儿问男生，你喝酒吗？然后打开他们的背包向他兜售包里的酒。

"Just 8 dollar."（只要 8 元）

男生接过他们的背包认真地看了看里面的酒，怀疑的问道，这是你们偷来的吗？

"No no no!!!"很干脆的回答。"Our cousin made it."（我们表兄自己做的）

男生最后摇了摇头说，他不能买。

俩少年索性坐在了我对面，跟我聊天，问过他们，知道了一个 16 岁，一个 14 岁。我也告诉他们我的车是凌晨 5 点多的，来这里是在等车。男生吃完东西了，桌子上还剩了半盒薯条，他问两个少年要不要，他们犹豫了一下。接着，他竟然也问我要不要。

我皱了皱眉，心里多少有点郁闷。难道今晚我看起来特别需要帮助吗？先是小男孩儿给了我 2 个硬币，现在又有人问我要不要他吃剩下的薯条。那男生似乎看到了我的皱眉，改口说，"Or I can buy you a new one."（我可以给你买份新的。）

我很肯定的回复他，我不需要。男生又问俩少年，需不需要给他们再买些汉堡包？两个孩子犹豫着，能看出他们很想要，也许刚刚他们并没吃饱。男生二话没说，去排队给他们买汉堡了，一个小男孩儿说，我还想要一杯咖啡。"还要一杯咖啡!"男生对着前台喊着。小男孩儿对我说："你需要咖啡。"

我又呆住了，再次跟他说，我真不需要。

"可你要等车到5点多。"他竟然还记得。我再次感动了。

我直接跟前台准备付钱的男生说，我不需要咖啡，是孩子们想给我买咖啡。不过，如果可以，角落里还有一位留宿的人，你可以给他买点吃的吗？男生爽快地答应了。他把买好的东西放下，心满意足地走了。

男孩儿们接着跟我聊天，他们跟我讲了很多的故事。14岁男孩说他还能住在一个类似孤儿院的地方，但大一点儿那位不能了，得自己租房子住。现在他的房子租期到了，没付钱，他不能回去了；他们说每年快到圣诞节的时候他们都会出来卖东西，因为那时会有人买；16岁男孩特地让我看他的鞋，问我"漂亮吗?"我说漂亮。他很激动地说"It's Jordon."（是乔丹牌的。）"Do you know Jordon，Michael Jordon?""Do you play basketball?"（你知道乔丹吗？迈克尔·乔丹？""你打篮球吗?）

我问了他们各自的名字，念了好几遍，还问了怎么拼写。我以为我会一直记得他们的名字，但是现在我怎么回忆，也都想不起来他们到底叫什么名字了。我只记得当时说过他们的名字真好听。

凌晨 3 点多时，我想让他们早点回去睡觉，可他们说要陪我等到车来。小小男生也懂得要保护女生，我想笑，但真的很感动。我说，"I am fine."（我没事的。）

就像先前那样，他们小小的脸庞写满严肃与认真，"Are you sure?"（你确定没事？）

他们回去了。我又等了很久，餐厅里陆续又有些无家可归的人进来了，他们都趴在了桌子上安静地睡觉。

4 点多时，一位白人老人走了进来，他穿着身上有洞的衣服，背着一个有些破烂的小小的包，在我旁边坐下。放下背包后，他一个一个地去问这里过夜的人需要什么，然后去给他们买。付钱的时候，前台收钱的大叔对他说 "You don't need to do this. They will get used to it."（你没必要这么做。他们都习惯这样了。）老人什么都没说，只是把一杯一杯的热饮端给那些在这里留宿的人们。尔后，他坐在了我的身边。就这样坐着，许久。

又有一个老婆婆进来了，她同样背了一个破烂的包，走到老人的面前时问他，"Did you be Jesus tonight?"（你今晚做耶稣了吗？）

"yes，for them."（做过了。）老人指了指那些正在吃着喝着，或者又接着趴下去睡觉的人们。

"Me，too. I did it in the restaurant across the street."（我在街道对面的餐厅也这么做了）

然后，他们微笑着走了。

上车以后，我一直回想着当晚在 Burger King 餐厅里发生的一切，回想着在那里遇到的每一个人。那个特地买了汉堡放在了黑人大叔面前、却没说一句话就走了的年轻人，让我明白，善良其实有千百种面孔。而那两位少年让我第一次知道，真正的富有是内心的——他们在自己什么都没有的时刻，仍不忘给予，不忘关心。还有那个跟俩男孩儿说道理、给他们买食物的男生——这世界上并不是每个人都能愿意去听陌生的小孩儿说话，去耐心地告诉他们知识很重要，去尝试让他们明白世间的一些对与错。还有记忆里的那一对天使——他们背着有些破烂的包，在别人最无助、最寒冷、最困顿的时刻，走过去提醒着他们，耶稣还在，我们来替神爱你们。

在凌晨 1 点到 5 点的 Burger King 里会发生什么呢？圣诞将至，除了到处播放着的圣诞歌曲，还有在凌晨的 Burger King 里能听见的风呼啸而过的声音。也许，有些面孔，有些故事，只有你在，才能懂。

阳光记得花儿的芬芳

王国军

美国著名慈善家、英特尔公司创始人戈登·穆尔小时候家境并不好，为了给自己赚取学费，穆尔兼职了几份差事，其中一份工作是到一个贫民社区扫地。为了能在五点前赶到社区，他必须每天凌晨四点就起床，带着母亲做的面包，匆匆出发。因为经常遭受嘲笑，穆尔小小的心里充满了对世人的鄙夷和不屑。

一个下雨的凌晨，穆尔披着雨衣正在打扫，一个中年人忽然快步走过来，一把踩住他的扫把，大笑起来。穆尔彬彬有礼地说："先生，您踩住我的扫把了。"中年人说："要我松开也可以，你得把你身上的钱全给我，因为我几天都没吃早餐了。"穆尔哪经历过这等场面，被吓坏了，双手不自禁地去摸自己的口袋。中年人更得意了，他冲上去，抢走了穆尔身上所有的钱，然后扬长而去。

半晌穆尔才从惊恐中回过神来，一摸，仅有的五美元已经不知去向，那可是他一周的生活费啊，穆尔连忙去追，但中年人已消失在茫茫雨夜中。

穆尔不知所措地坐在地上。这时，一个老年人走了过来，扶起他，问清了原委，老年人恨恨地说："一定是该死的托尼干的，这小子，游手好闲，不务正业。你等着，我去帮你要回来。"老年人带着穆尔来到一个餐厅，让他稍微等一等，然后快步走了。

过了一会，老年人气喘呼呼地走回来说："孩子，我替你好好地教训了他，他表示再也不做坏事了，这下你可以放心了。"看着孩子仍然怨气满面，老年人便把他带到了一个花地里，然后语重心长地说："孩子，你看这些花丛里，虽然有些花有毒，但大部分都是好花，你看，阳光并没有舍却它们，她依然无私地照耀着每一朵鲜花，孩子，你明白我说的意思吗?"穆尔重重地点了点头。

多年以后，穆尔拥有了千万财富，但是他一直都忘记不了那个曾经帮助过他的老年人，他一直试图寻找，整整三个年头后，他终于找到了当年的那位老人。

从老人的嘴里，他才知道，老人其实并不认识抢他钱的人，他只是想用自己温暖的双手，安抚一颗受了伤、充满怨恨的心。

此后，穆尔每出席一次慈善活动，都会在他的演讲里提及那事，他说："那些年，我一直对世人充满了恨和鄙夷，是老人家让我彻底放下仇恨，心中只有爱，也让我明白，不管是什么花，只要阳光不舍却，自己不舍却，终究有一天，都能绽放出最美的自己。"

这个孩子也是我的

李良旭

当地时间 8 月 23 日上午，一个香港旅游团到达菲律宾。菲律宾的美丽风光，让游客们流连忘返，乐不思蜀，沉浸在一片欢乐、祥和之中。

谁也不知道，一场突发的灾难，正悄然临近。在参观完马尼拉著名景点黎刹公园后，旅行团在集合上车时，一名身穿警服，手端 M16 自动步枪的枪手，突然冲上车，将车上 23 人全部扣为人质。

刚才脸上还露出幸福笑容的游客们，此时，每个人的脸上顿时变得紧张起来。没想到，他们遭到持枪歹徒劫持了。时间一分一秒地过去了，车厢里尽管有空调，但依然显得闷热难当，空气中，有一种令人窒息的沉闷。

枪手与当局派来的谈判代表谈判，始终没有结果。枪手一再扬言，如果当局不能满足他提出的要求，他将枪杀车上所有的人质。

车上一范姓女士和她的丈夫带着两个孩子也随团参加这次

菲律宾之旅。她的两个孩子，一个 4 岁，一个 11 岁，第一次随父母到外国旅行，没想到就踏上了这次"恐怖之旅"。两个孩子岁数还小，还不知道眼前究竟发生了什么，闷在车厢里，时间长了，他们不停地吵吵嚷嚷，又是尿又是屎的，让范女士忙个不停。

两个小孩的吵闹声，也引起了枪手的注意和厌烦。为了增加与当局谈判的筹码，枪手命令范女士将两个孩子带下车，先将他们释放。

范女士听了一阵惊喜，她赶紧拉起了两个孩子的手，站起身子。她向身旁的丈夫深情地望了一眼，仿佛有许多话要说，可是，由于情况紧急，枪手反复无常，随时会改变主意，只能赶紧带着孩子离开这个极度危险的地方。

范女士一手拉着一个孩子的手，离开座位，向车的前门走去。车的前门近了、近了，他们马上就能离开这个恐怖之地了，她已经看到车门外的阳光了。阳光很明媚，那是一方安全之地，那里有自由的呼吸啊！

突然，范女士停下了脚步，她看到一个小男孩正坐在自己父母的身边。这个小男孩和自己的孩子一般大，漆黑的眸子，分外明亮。小男孩看着范女士的两个孩子，脸上露出甜甜的微笑，像是在和两个孩子打招呼。多可爱的孩子啊！他就像是自己的孩子一样，聪明、伶俐。范女士心里溢满了一缕柔软。

她抬起头，镇静地对枪手说，这个孩子也是我的，我要带他一起下去。枪手两眼紧紧地盯着范女士的眼睛，这目光，显得格外阴森、恐怖，仿佛要一眼看穿范女士的内心。范女士目光始终淡定地望着枪手，没有露出一丝恐慌和不安。

也许只有短短的几秒钟，但就像是经历了几个世纪，显得是那么漫长，漫长得仿佛要让人窒息。枪手终于微微地点了一下头，示意范女士可以把这个孩子带下去。

范女士内心一阵窃喜，她赶紧松开自己孩子的一只手，将手伸向那个小男孩。小男孩伸出手，紧紧地握着范女士的手，眼睛里充满了感激和信任。

范女士用身体护着三个孩子一起往车门走去。经过枪手身边，她感觉到了枪手沉重的呼吸和阴森森的枪口，但是，她依然神情自若，没有一丝惊慌。

终于走下了车，离开了那个恐怖之地，来到了安全的地方，范女士这才蹲下身来，将三个孩子紧紧地搂在怀里，她再也控制不住内心的情感，禁不住流下了滚滚热泪。

在随后发生的菲律宾特警与枪手的枪战中，共有 8 名香港人罹难。罹难人员中，包括范女士的丈夫和范女士认领的那个素不相识的小男孩的父母。

范女士在极度危险的情况下，置自己和孩子的生命于不顾，在歹徒的枪口下，冒领一个素不相识的孩子，挽救了一个无辜孩子的生命。范女士英勇无畏之举，感动了无数香港人……

我在教丁香树开花

刘继荣

一

第一次遇见那少年，是初冬。午后的阳光暖得像春天，小小的蛋糕店里，溢满糕点刚出炉的香，仿佛每个人都幸福。

店旁有所小学，放学后会挤满鸟儿一样叽叽喳喳的小朋友，煞是热闹。此时，顾客不多，店主夫妇悠闲地聊着天。谈到门前那棵不开花的丁香树，一个打算挖掉重栽，一个说再等等看。老奶奶的语气里带了气恼："我60岁了，又不是6岁，等不了那么久！"老爷爷笑："明天起我就教它开花，保证到春天就学会了。"

我不禁莞尔，拎着盛糕点的纸袋，准备离开。身后忽然有人叫道："阿姨偷走我们的点心啦！"我大惊，转头，一个个子高高、面庞稚气的男孩，正冲我喊叫。这时，有位中年人边向我点头致歉，边揽住男孩的肩，安抚道："你看，我们的点心在这里呀!"他打开手中纸袋，里面的点心与我的一模一样。少年像是恍然大悟："原来，是我们偷了阿姨的呀!"大家都笑了，连正在生气的老奶奶也笑得眼睛弯弯。

那位父亲温和地继续解释，再加上我的说明，男孩才弄明白大家谁都不是小偷。他用双手蒙住脸，向我道歉，那模样似乎只有 3 岁。

父亲平静地告诉我，儿子 19 岁了。他一直都在努力学习说话、购物、坐公交车等基本技能，希望再过 19 年，他能变成一个像大家一样的普通人：工作或失业，结婚或独身。

父亲头发斑白，语气平和。这 19 年来，他们一定有一段漫长的故事，还有他们共同积攒起来的点点滴滴的勇气与人生。可我什么也没问，只是目送这对父子远去，那棵丁香树，默默与我站在一起。我想：老爷爷将会怎样教它开花呢?

二

天越来越冷，丁香树只余纤纤弱枝。我后来常常在蛋糕店遇见这对父子，我发现，儿子没有安全感，只要离开父亲几步，就会惊慌失措，语无伦次。每次，爸爸都鼓励儿子自己去排队，那么高的一个男子汉，扭来扭去，千劝万劝才肯挪步。轮到他买东西时，又期期艾艾，半天讲不清要什么。这时候，店主老爷爷笑眯眯的，举起两手摇着，像足了他身后的招财猫："慢慢想哦，慢慢说哦!"老奶奶又在絮絮地说着她梦想的丁香花的颜色，光阴似乎停住，盘子里的蛋糕和面包，静静地香。

儿子成功买到面包后，父亲会向店主夫妇以及后面耐心等待的客人再三道谢。他说，儿子特别喜欢这间店，这是他能记得的最远的地方。出来的时候，男孩喜欢站在丁香树下，与树比一比身高，老奶奶逗他："谁高呀？"男孩大声回答："我高！"这时候，他很像一个普通人。

爸爸渐渐拉开与儿子的距离，每次似乎只有一步，后来，他退到店外。儿子时不时扭过身子，见父亲就在丁香树下，便长吁一口气，抹抹鼻尖上的汗。

三

一个春天的周末，男孩居然独自来到蛋糕店，我不禁为他高兴，见他忐忑，又隐隐担忧。今天顾客特别多，有个小女生过生日，丁香树下的两张桌子被拼到一起，坐满了笑语盈盈的小伙伴。店主一个人忙，他说老妻在楼上，怎么叫都不肯下来，又在为丁香树不开花的事不高兴了，为了给她个惊喜，他已经找人来挖树，准备换一棵能够开花的。男孩听着我们的谈话神色愈发紧张，嘴唇哆嗦着，欲言又止。

老爷爷轻声问他要什么，男孩汗珠迸出，语不成句，一转身就跑出了门。老爷爷大惊，急急向店内其他顾客抱拳致歉，跟了出来。老爷爷指着橱窗，一样样问他：蛋挞、面包……想要哪样……站在丁香树下的男孩，只是摇头。最后，男孩缓缓张开双臂，蹲下去，再站起来。一句话似乎哽在胸口，他只会以这样的方式表达。

他们的举动吸引了旁边过生日的孩子们。

头上戴着老鼠头饰的女生恍然大悟："我猜，哥哥想要个生日蛋糕！"

另一个女孩附和道："对！对！他说，蛋糕上要开满玫瑰花！"

……

忽然，男孩的目光充满惊喜，他的父亲出现了，也许，他一直都在附近。就像魔咒被解除，男孩突然开口，一个字一个字地说："我在教丁香树开花，不要挖掉丁香树。"旁边的寿星女怔住，随即调皮地张开手臂："我是丁香树，我学会开花啦！"孩子们笑着，嚷着，纷纷张开手臂，开成一大朵一大朵的丁香花。

老奶奶步履蹒跚地赶过来，气喘吁吁地向男孩保证，永远不会挖掉这棵丁香树，会一直等着它开花，如果不开，也没有关系。我的鼻子隐隐发酸。在这座小城里，我们陌生又熟悉，有时相遇，有时忘记，有时却彼此守护。

所以，寒冰会学着开出甜花，成为冰淇淋；黑夜会学着融化，凝成巧克力；而我们，学着在经历过恐惧、绝望以及厌倦之后，仍会或羞怯，或放肆地释放出心里最明净的温柔。

将悲悯化作责任

张慕一

在走川藏路的时候，我们途经一个叫良多的小乡镇，并在那里停歇，住在大路旁一个藏民用碎石盖起的小旅店里。说是旅店，实际上就是民房，房子的后头便是马棚，有几匹壮实的马安静地立着，四下里弥散着一股清淡的马的味道。

旅店的大门口，便是静静的街市。大门的两旁有一些藏民用手臂挽着一些藏饰在卖，他们非常安静，像是害怕打破这宁静的氛围，连叫卖声都没有。这时，一个背着小孩手挽着首饰的男孩吸引了我的目光，确切地说，应该是他背着的小孩吸引了我的月光。那个孩子有一双极大极水灵的眼睛，头不停地扭转张望着，像是一只机警的鹤，又像是在帮忙寻找顾客。最后，小孩子那清澈的目光与我的目光交汇时，忽然盯住了我，我仿佛是受了某种亲切的召唤一般，微笑着走了过去。

接着，那个男孩注意到了我，微笑着和我打招呼，并用生硬的汉语问我是不是想买藏饰。我点点头回应着，忍不住伸出手去抚摸他背上小孩的脸蛋，孩子就缩起头细声笑了起来……

"你的弟弟好可爱啊！"我对男孩说。

男孩羞涩地低下头，脸上两抹高原红越发红了……

接着，我开始问男孩："你弟弟几岁了？"

"两岁半了。"

我一边与他攀谈，一边看他手臂上的首饰。最后，我看上一个藏银的戒指，顺手戴上，觉得再适合不过了。于是，我付给他钱，准备离开。一抬头，猛然看见他背上的那双大大的眼睛居然还凝视着我。我终于又忍不住捏了捏小孩的红脸蛋——"你弟弟真可爱啊！"

这时，小孩忽然躲开了，然后伏在男孩的耳边甜甜地叫了一声："阿爸……"

我顿时惊诧了，有点不相信我的耳朵，这时，小孩又冲男孩叫了一声："阿爸……"

我终于听到男孩回应了声："嗯！"

我的目光在大男孩和小男孩身上来回打量，大男孩整个脸都红透了，令他那抹高原红都显得不那么明显。

我问男孩："这是你的儿子？"

男孩回答道："是的。"

"那你多大了？"

"19……"

我更加惊讶起来："你……19岁……儿子就两岁半了？"

男孩笑了笑，说："他是我从山里捡回来的。"

这时，我想我的眼中肯定泛起了更大的好奇，令男孩不自觉地讲了下去。

"前年，我去山里打柴，傍晚回家的时候，经过山路旁一个人家，听到房子里不停地传出一阵阵嘶哑的婴儿哭声，显然孩子哭了很久了。于是，我就叫了几声，结果都没有回应，只有孩子一直哭着。我犹豫了下，就推门进去了。我看到个小男孩躺在炕上虚弱地哭着，好像饿了很久了。我给他喂了点水，心想，他家的大人怎么这么晚还不回家。而后，我就转身出去找他的家人。在门前的一条小路土，我看到了一排脚印，于是，我就循着脚印走下去。路上，我不停地喊着，但是始终没有回应……走着走着，我忽然看到地上满是暗红的鲜血，再往前几步，我看到了倒在地上的硬个木桶，再往前，看到远处，一群狼围在一起，分食着自己的'猎物'……我忽然明白是怎么回事了，我不敢再待下去了，于是回到房子抱着孩子下山了……"

"后来呢？"我有些迫不及待起来。

"后来，我就带他回家。向乡亲们一打听，才知道这孩子是一个老人带的孤儿，可是，孩子最后的一个亲人也被狼吃了……"

"然后，你就收养了他？"

"是的，由于我阿爸早就过世了，我认他做'儿子'！"

"可是，你还这么小，才 19 岁，连婚都没有结，怎么就愿意收养一个陌生的孩子呢？"

"为什么不愿意？他可是我第一个发现的啊！既然是我第

一个发现了他，那我就应该把他养大啊！如果我都不管他，那谁管他呢？"

我的心激动得战栗起来。原来，这个男孩，不，这个 19 岁的男人，只因为是自己第一个发现这个可怜的孩子，就马上勇敢地、坚决到不假思索地承担起了抚养的责任。

原来，在他澄净而坚毅的心里，他已然把自己眼前的悲悯化成了一种神圣的责任，并不惜为其操劳一生！

这是多么圣洁而博大的爱啊！你、我、他，这凡尘俗世间有多少人，见识过多少悲情之事，

然而，又有几人能将眼前的悲悯化作自己神圣的责任呢？

第二辑：陪你一起找罗马

真正的勇气

Casey Hawley　　王国琮　　许效礼/译

那个星期五的早上，当 L1011 航班飞离奥兰多机场的时候，我们这群人是穿着入时、精神抖擞的。清晨航班搭载的主要是前往亚特兰大出差一两天的职业人士。向四周打量一下，看到的多是品牌西装、标准经理人式发型、皮质公文包以及老练的商务旅行者用的各种装束。我身子往后一靠，准备轻轻松松读点什么，度过时下这短暂的飞行。

刚起飞，就分明让人感到出了什么差错。飞机上下颠簸，左右摇晃。有出门经验的人，连我在内，都四下环顾着，会心地笑了。大伙儿的表情在告诉彼此，像这样的小麻烦和混乱我们以前都遇到过。如果你飞机坐多了，这类事情见多了，也就学会对此无动于衷了。

但是，我们这次可没无动于衷多久。在空中飞行不几分钟，飞机就一只机翼朝下，开始疯了似的下坠。尽管飞机爬高了些，但一点用都没有。飞行员很快就严肃地向乘客作了通报。

"我们现在遇到了麻烦，"他说，"目前看来前轮转向装置已经坏了。指示器显示，液压系统失灵。我们得返回奥兰多机场。因为没有液压装置，所以不能肯定起落架能不能固定得住。乘务人员将帮助你们作好着陆时防冲击的准备。还有，你们看一下窗外，就会看见我们正在把飞机上的燃油倒掉。我们想尽量减轻飞机的负荷，以应对着陆时的颠簸。"

也就是说，我们就要坠机了。从飞机油箱里倒出的几百加仑燃油在我眼前的舷窗外飞流直下，没有比这种景象更能让人清醒的了。乘务人员帮助大家做好防冲击姿势，还尽力安慰那些已经歇斯底里的人们。

我看了一下这些出公差的旅伴们，大吃一惊地发现他们已经神情突变。此时许多人显然吓坏了。甚至那些最泰然自若的人也显得表情严峻，面如土色。没错，他们的脸色实际上看起来发灰，这种脸色我可从来没见过。在场的没有一个例外。面对死神谁都会害怕的，我暗自思忖。每个人都这般或那般地失态。

我的目光在人群中扫过，看看有没有人，在这种形势下，仰赖其真正的勇气和伟大的信仰，依然能保持沉着冷静，但是没发现一个。后来，在左边几排远的地方，我听到了一个从容依旧的声音，一位女性的声音。语调绝对正常，就像普通聊天一样，既没有颤抖也没有紧张，而是一种悦耳、平静的语调。我想弄清这声音是谁发出的？

四周都有人在哭。许多人号啕着，尖叫着。几个男人死死抓住座位扶手，咬紧牙关，竭力保持镇静，但是浑身上下却透出了惶恐。尽管我的信仰使自己没有失控，但是此刻却怎么也做不到像听到的那个暖人的声音那样，那么镇定，那么温柔。最后，我看到了她。

在一片混乱中，一位母亲正在说话，一个劲儿地对着自己的孩子说话。这位妇女35岁左右的样子，无论怎么看都貌不出众。她正目不转睛地注视着女儿的脸，女儿看起来有4岁了。孩子察觉到了母亲话的分量，正在全神贯注地听。母亲凝视的目光让孩子听得聚精会神，似乎一点也不为周围人们哀伤和惊恐的声音所动。

我脑子里闪现出另一个小姑娘的形象，她是最近一场空难的幸存者。据推测，她之所以能活下来，全亏了母亲用安全带把她们捆在一起，把她压在身下保护了她。母亲却没能活下来。报纸用几个星期的时间追踪报道了事后心理医生对她的治疗。治疗的目的是驱除常常困扰幸存者的负罪感和自贱感。医生一遍又一遍地告诉小女孩，母亲丧命并非她的过错。但愿眼前这事不要出现这种结局。

我竭力想听清眼前这位母亲在告诉孩子些什么。我身不由己，也需要听一听。终于，侧过身去，奇妙得很，我居然听清了这温柔而自信的声音，那语调是那么让人宽心。母亲一遍遍地说："我十分爱你。你相信我爱你胜过一切吗？"

"是的，妈妈。"小姑娘答道。

"记住，不管发生什么事情，我永远爱你。你是个好孩子。

有时出事不是你的过错，你还是好孩子。我的爱将永远与你伴随。"

接着，母亲便伏身遮住女儿，把座位上的安全带系在两个人身上，等待空难的降临。如有神助一般，我们的起落架居然挺住了，原本似乎注定的着陆惨剧却没有发生。一切都在几秒钟内结束了。

那天我听到的那个声音没有丝毫的动摇，没有流露出半点犹豫。它拥有一份无论从感情上还是从身体上来讲都令人难以置信的平和。我们这些饱经世事的买卖人当时没有一个说话声音不打颤的。只有最伟大的勇气，再加上更博大的爱心的支撑，才使这位母亲挺住了，超然于周围的混乱之上。这位母亲让我见识了什么是真正的英雄本色。在那几分钟内，我听到的是勇敢者发出的声音。

就要让别人知道你吃什么米

罗志祥

应该没有人是天生愿意跟别人承认"我们家很穷"这个事实吧！因为每个人都很不愿意让别人看不起啊！

我最早对于"我们家很穷"的这个事实的学习，是因为我常去我的堂弟阿松的家里玩。他家有很多奇特的糖果、玩具、故事书。噢！应该这么说比较好：他们家有的东西，我们家几乎都没有。

"妈妈，阿松他们家是做什么的啊？"我在妈妈的背后问，她正在做饭。

"他们是做生意的啊！是很大的饮料代理商噢！"

"妈妈！"我又喊她，"为什么阿松他们家有好多东西，我们家都没有？"

"因为我们比较穷啊！"妈妈说，然后她就开始哐里哐啷地炒菜，完全听不见我的声音了。

那是我第一次感受到"穷"这个字的用法。

有一天妈妈跟我说，我的七岁生日快到了，可以找同学来家里玩，大家一起帮我过生日。我竟然犹豫了。在学校里，好几次想要开口邀请同学，话到嘴边又吞下去了。如果请同学来家里，一定会发现我们家很穷吧！

我还是约了。因为我太想吃蛋糕了。因为我担心如果我跟妈妈说，大家都说没空不能来，我可能就没蛋糕吃了。但就算大家都来了，妈妈会帮我买蛋糕吗？我很想问，但还是算了。可是我在生日前一天还是忍不住哭了。

"妈妈，明天要来我们家的都是我的好朋友，他们会不会发现我们家很穷，然后看不起我，不跟我做朋友了啊？"我真的太担心了。

"阿祥！你知道吗？"妈妈突然放下菜铲，用台语认真地对我说，"你如果不要让别人看不起，就要让别人知道你吃什么米！"

我说："那让人家看我们吃的米，也就是我们吃的食物，不是会更让人家发现我们很穷吗？"

"是啊！就是不要怕人家发现啊！如果你很坦荡，让别人知道你的真实状况，就不用心虚、不用遮遮掩掩了啊！因为贫穷并没有犯法噢！而且只要我们一直努力，日子就会越来越好啊！"妈妈抱着我，我发现妈妈眼睛好像也湿湿的，"阿祥，你要记得噢！不要因为家里穷就变得很自卑，甚至骗别人，我们人穷志不穷！还有噢！你要记得你最大的财富，就是爸爸跟妈妈对你的爱。"

那个让别人知道我们吃什么米的一天，终于到来。

我们都很开心。有蛋糕。我吃了三大块。我同学说："罗志祥，你爸妈真的好好玩！还会扮成超人跟我们一起玩。还有你妈妈做的东西怎么那么好吃！都是炸的跟甜的，还有弄得好好吃的蔬菜跟水果，嘻！真好吃！那我们下次有空还可以到你家玩吗？"

我说好。但我爸妈很忙，要等他们有空噢！

好像那不只是一个我的生日，我美好的一天，也是他们很难忘的一日。他们都看见我家，都看见我家很小，因为我们跑着给我爸妈追的时候，都很容易就撞到墙壁。他们都知道，我家很穷了！但是那没有关系。因为我从此不用担心，那不是一个秘密。而且我知道，如果他们不在意，也只要他们其中有几个人不在意，那就证明在这个世界上，财富绝对不是评断一个人有没有价值的标准。你如果不要让别人看不起，就要让别人知道你吃什么米。

那是我从此的坦荡，我从此努力的原因，更是我多年来选择朋友的条件，不管他有没有钱，只要他是个努力的好家伙，就请给我一个机会当你的朋友吧！

这里会长出一朵花

韩寒

小野在她很小的时候从她奶奶那里学会了一套评判标准，那就是害虫和益虫。有天我正吃饭，她突然从旁边飞身而出，口中大喊一句，害虫，打死。然后一只飞蛾就被她拍死了。

我大吃一惊说：我去，小野，这是不对的。

这句话的结果就是小野又学会了一句"我去"。

她说：我去，是奶奶说的。

这是我一直想和她探讨的一个观点，但我想了很久也没找到合适的措辞。为此我和我的母亲还争辩过：对于那些虫族，所谓的有害与有益都是相对于人类而言，但你让小孩子有了这种二元对立非黑即白贴上标签即可捕杀的三五想法，并不利于她的身心。我母亲反驳道：那蚊子咬她怎么办，难道还要养起来？害虫就是害虫，小孩子不能好坏不分，《农夫与蛇》的故事你听过没有？

毫无疑问，这事一直争不出个结果。但小野飞身杀虫让我很生气。我站了起来，以前所未有的严厉再次责问她：你可以么？你可以这样做么？

她从未见我如此，退了一步，有点畏怯道：它是坏的小动物，它是苍蝇（那时候她把一切在空中飞的昆虫都叫苍蝇）。

我突然思路开朗，构建出关于此事完整的哲学体系：什么叫坏的，什么叫好的？伤害你的小动物就是坏的，不伤害你的小动物就是好的。这个飞飞的小动物伤害你了么？你把它打死了，它的家人就找不到它了，会很难过知道么？你这样做，它会很痛苦，所以你错了，你要做那些让它很快乐的事情，你知道么？

也许是我语气太严肃，小野突然一句不说，两眼通红，凝滞几秒，瞬间大哭了起来。

我没有即刻安慰她，继续追问：你说，你做错了么？

小野已经哭得没法说一句完整的句子，但抽泣之中，她还是断断续续说，我错了。

我上前抚了抚她的脑袋，语气缓和道：那你现在要做什么呢？

小野哭着走到那只飞蛾那里，蹲下身子说：对不起，你很痛苦。

看着她好几滴泪都落到地板上，我心疼不已，更怕她为此反而留下更大的心理创伤，便心生一计，说：别哭了，我们一起帮助它好么？

小野噙着泪水，道：好。

我把飞蛾捡起，带上小铲子，牵上小野到了一片土地。我挖了一个小坑，让小野把飞蛾扔了进去，顺便告诉她，这是飞蛾，不是苍蝇。我教小野把土盖上以后说，这只飞蛾以前是个动物，现在它死了，我们把它埋了起来它就会变成一朵花，变成另外一种生命，就不会再痛苦了。小野你快去拿你的水壶来，我们要浇水了。

小野飞奔入屋。

我瞬间起身，跑到十几米外摘了一朵花，折返回去，把花插在刚才埋飞蛾的地方。完成这个动作，小野正好提着水壶从屋里出来。她走到那朵花前，惊讶得说不出话。我说：你看，就在刚才，它变成了一朵花长了出来，说明它已经原谅你了。

小野破涕为笑，依偎到我的怀里，说：它这么快就有了花。我亲了她一口，说：是啊，我们又是它的好朋友了。它很快长了出来说明它很快乐。小野开心地笑了。

我说，别难过了小野，那只飞蛾变成了花，现在像我们一样快乐。

夕阳西下，我抱起她，走向远方。我想所谓教育也许就是这样，爱与耐心，加上孩子能明白的方式。这世界不是那么好也不是那么坏，但这世界上的很多东西不能只用好或者坏来形容。初秋，已经开始吹起凉风，但此情此景能温暖一切。

上帝的另一份礼物

张军霞

那年，她6岁，自从在卡恩家玩过一次会唱歌的布娃娃，她就迷上了它，连做梦时都没办法忘记。

布娃娃并不是太贵，只要20个比索就能买到，可她依然不好意思开口，母亲身体不好，一直病着。父亲又经常失业，家里的日子很拮据。那些天，她在帮母亲做家务时，时常会停下来，偷偷扫一眼墙上的日历，在心里悄悄奢望，如果自己过生日时，能得到一个布娃娃，那该有多好！

在她悄悄的期盼中，生日来了。一大早，父亲又出去了，他昨天找到了一份工作，而母亲的咳嗽似乎好了一些。她的心里，却有着小小的失落，看来没人记得自己的生日，更不会收到任何礼物了。

傍晚时，父亲回来了，他笑眯眯地挥挥手，她跑过去一看：呀，是布娃娃！父亲居然为她买了和卡恩家一样的布娃娃！原来，父母都没有忘记她的生日，他们保持沉默，就是为了给她一份惊喜！

当她急切地要拆开自己的礼物时，父亲忽然说："宝贝，等等！你愿意和沙莉一起分享这份快乐吗？"她这才看到，邻居家的沙莉，一个总是拖着鼻涕，连一双完好的鞋也没有的小女孩，正躲在父亲的身后，贪婪地盯着她手里的纸盒。

她感觉沮丧极了，这明明是自己的礼物，凭什么要和别人分享？她摇摇头想要拒绝，却从沙莉无比渴望的眼神里，看到了自己的影子，于是点点头对她说："来，一起玩儿！"

她为布娃娃上紧了发条，两人一起聆听它唱歌。接下来，她们又玩起了捉迷藏的游戏，或许是太激动了，沙莉抱着布娃娃奔跑时，猛然摔倒在地上，布娃娃被甩到了旁边的水池里。她惊叫一声，扑过去"救"出布娃娃，可是任凭怎么努力，它再也不会唱歌了！

沙莉尴尬得说不出话来，她则双手捂着脸痛哭了半天。最后，她擦干眼泪，仍然决定原谅沙莉，毕竟她并不是故意的。

第二天清晨，她听到敲门声，揉着蒙眬的睡眼打开门一看，沙莉就在外面，她递过来一样东西，是她早就非常渴望得到的一本童话书！她拉着沙莉的手，激动得说不出话来。父亲亲眼目睹了这一幕，意味深长地对她说："学会分享和宽容，上帝就会送另一份礼物给你！"

从此，她牢牢记住了这番话，不论多么珍贵的东西，都尝试着与人分享，并且经常站在别人的角度思考问题。

多年后的一天，她要出席一次重要的签约典礼。就在她准备出门时，邻居家的女孩跑来敲门，吞吞吐吐地说："刚接到初恋男友的电话，他要来看我，已经快到楼下了！而我这条长裙，找不到可以搭配的鞋子！"

她低头一看，自己脚上的白色高跟鞋，正好可以搭配女孩的长裙，虽然这是她为出席活动特意买的，但她还是毫不犹豫地脱下来借给了邻家女孩。当她急匆匆赶到会场时，刚刚在第一排的位置坐下，还没来得及喘一口气，就发现有很多人盯着她看，顺着众人的目光，她低下头去，不由大吃一惊：自己穿着一黑一红两只不同颜色的鞋子！

有人开玩笑说："难道这是最新流行的时尚？"她这才想起来，自己为了赶时间，顺手从鞋架上摸了一双鞋子换上，因为太匆忙，竟没有看清颜色……弄清了事情的原委，大家不但没有嘲笑她，反而为她的成人之美而鼓掌，那天的签约活动也完成得非常顺利，成了她职场生涯中最漂亮的一仗。

她就是今天的智利女部长拉丽莎·阿迪。每当有记者追问她成功的秘诀，回首往事，拉丽莎总喜欢说，当年父亲送给她的不仅仅是一个会唱歌的布娃娃，还让她明白了一个道理：学会分享和宽容，上帝就会送来另一份礼物。正是遵循着这样的原则，她才一步步走到了事业的巅峰，成为驰骋政坛的女部长。

星期天的菜园

【美】雪莉·安·维克　班超/译

在 8 岁以前，我以为星期天之所以称为 Sunday，是因为你必须在阳光下度过这一天。

我之所以有这样的想法，是因为每个星期天我都要与奶奶在外面的菜园中度过。很快，菜园里种植的西葫芦便成了我的最爱。它纤细的卷须伸出去，缠绕在藤架上，像一根根小手指尽力握紧藤架。它们看起来那么无助，让我感觉它们需要我的照料。

"奶奶，"有一天我问，"我该把所有的小黄花都摘下来吗？""你为什么要摘它们？"奶奶温和地问我。

"我认为它们会把虫子招来，虫子会把它们全吃光。""不会的，亲爱的，"她微微笑道，"那些小黄花很快会结出西葫芦。"

"真的吗？"

"你等着吧，很快，你会看到小事物变成美妙的大事物，你应该记住这一点。""小事物会变成美妙的大事物。"我重复了一遍。"没错。"她说。

每个星期天，我都到菜园查看一次西葫芦，每一次，我都看到西葫芦结得越来越多。

"您不认为能结这么多的西葫芦，都是因为我照料得好吗？"我问奶奶。

"是的。"奶奶说，"当你用心照料事物的时候，它们就会蓬勃生长，你应该记住这一点。"

"当你用心照料事物的时候，它们就会蓬勃生长。"我重复道。

"没错。"她说。

自那以后，我更加细心地照料西葫芦，给它们摘去枯叶，把够不到藤架的小卷须移得近一点，奶奶也如此照料番茄。然后，星期天，我看到她用一把大剪刀剪下了一整枝的番茄。

"奶奶！"我震惊得用手捂住嘴巴，"您在做什么？"

"它没有力量支撑两个结满番茄的枝条，"她说，"我不得不剪掉一枝，这样另一枝可以生长得更好。"

"哦。"

"有一天，你也会做相同的选择。"她说。"什么意思？我不得不剪掉什么东西吗？"我问。"不是，亲爱的，"她咯咯地笑起来，"你可能要做出一些选择，因为有时你不能拥有全部。""我会记住这一点。"我说。

几个月里，我每个星期天都会到奶奶家，看我的西葫芦长势如何，每一次我都自豪地看到它结了更多的西葫芦。直到有一天，它们不结果了，几星期后，西葫芦全都不见了。

"奶奶，我的西葫芦怎么了？"我含着眼泪问，"它们不再生长了吗？""那正是发生的事情，亲爱的。万物生长，然后停止，没有什么可以永续长存。"

"可我对它们那么好。""是的。"她说，"但旧事物结束，新事物才能开始。""有我应该记住的事情吗？""有的，"奶奶说，"季节更替，所有结束的事物都会被新事物取代。"

"我记住了。"

于是，我帮着照料菜园里的其他植物，但有一天我承认："我真的很想念那些西葫芦。"

"我知道，亲爱的。"

"我在想，我们让爷爷建一个暖房如何？那样我们可以全年都种西葫芦。"我问道。"我不知道行不行，"她说，"也许我们应该耐心等到它生长的季节。"

"我们试一试，好吗？我可以去问问爷爷吗？求您了，奶奶。""我想，我们可以试试。"她说。

爷爷同意了。第二个星期天，我看见了一个暖房，它最棒的部分是里面的墙：从地上到房顶全是藤架。

"这是西葫芦最完美的家。"我说。

我们在暖房一边种上西葫芦，另一边种上番茄。几星期后，西葫芦和番茄长得越来越好。

"看，奶奶。"我说，"我的西葫芦已经结了一个小西葫芦，还开出了好多花，它们会长得非常棒。""你的主意太好了。"

奶奶攥着我的手说。"奶奶，"我郑重地说，"我认为您应该记住一些事情。""什么？"

"如果你非常渴望某种东西，总会有办法。"

奶奶望着我，我看到她的眼睛里闪烁着晶莹的泪花，我以为她要哭了，但随即她露出最灿烂的笑容。

"谢谢你，亲爱的，"她说，"我会记住这一点。"

锻炼善良

古保祥

芝加哥的街头，晚上八时许，一个叫乔治的十三岁男生补完课回家时，在一个偏僻的小巷口，目睹了一场车祸。一辆小轿车迎面驶来，将一个乞丐模样的男子撞倒在地，小轿车的司机慌忙地下车察看，当发现乞丐已经昏迷后，他慌作一团地爬上轿车，驶离肇事地点。

乔治看清了那个男人的脸庞，特别清晰的是，他的左脸有一大块胎记，在灯光下十分耀眼，乔治还看清了那辆车的车牌尾数，他从花丛里探出头来，将事情经过记在了日记本上。

乔治去看那个受伤的乞丐，发现他的手仍在动弹，本能的反应是将他送往医院，可乔治太年轻了，他不知道如何处理这件棘手的事情，再加上害怕自己被冤枉，他选择了逃避。他一步三回头地逃离了这条小巷，回到家里时，发现自己浑身是汗水，眼中也有莫名的泪水溢出。

母亲发现了乔治的异样，问他怎么了。乔治谎称有些心慌，草率地吃了晚饭后，便躺下睡觉了。可噩梦接踵而至，他老是看到那个乞丐向自己索命，他拼命奔跑，乞丐却不依不饶。

第二天早上看电视时，电视台曝光了车祸现场，触目惊心，没有目击证人，只有肇事车辆的车辙印痕，电视台要求知情者提供车祸的相关细节。

刚刚起床的父亲发现乔治一直在逃避电视里的情节，要求乔治直视自己的眼睛，问他是否知道这起车祸。乔治哭了起来，将昨晚的情况向父亲讲述了一遍。父亲听完后十分恼火，他对乔治说道：你应该及时报案，让警察处理，那个乞丐也许就不会死了，电视台说了，乞丐完全死于见死不救。

看乔治经受着良心的谴责，父亲二话未讲，拉了乔治便要去警察局，母亲千劝万阻，父亲就是不听。警察局里，乔治哆嗦着讲述了事情经过，并且将日记本交给了警察，警察进行了认真记录，并且感谢乔治提供的有效信息。

下午的时候，根据乔治提供的资料，肇事者浮出水面，那个半脸是胎记的家伙被抓获归案。

警察并没有怪罪乔治的见死不救，可他的心中总是过意不去，在父亲的陪同下，乔治开始寻找乞丐在芝加哥唯一的亲人，他想当面请求他家人的谅解。

乞丐的哥哥也是个乞丐，当他得知弟弟已经死亡后，脸上毫无痛苦，他轻易地原谅了乔治，因为这样他家中的半壁房舍就成他一个人的财产了。

这还不说，乞丐下葬那天，乔治与父亲一块儿到了殡仪馆，由于无人照料，他和父亲俨然成了亲人，他们不停地忙前忙后，直至事情终结。

这件事情引起了电视台的注意，他们对车祸的后续情况进行了追踪报道，也将乔治与他的父亲作为奉献爱心的典范进行了报道，倡导爱心人士学习他们这种高尚的人道主义精神。

电视台采访他们时，乔治的父亲是这样说的：乔治应该承担自己的责任，如果他当时伸出援手，乞丐或许就不会死亡。我这样做，一是弥补良心上的不安，二是让孩子锻炼善良。

善良并不是一个人的天赋，不是与生俱来的东西，善良也需要锻炼与提高，善良也需要最佳的处理方式。我们所有的学校课程中，均缺乏一门叫善良的课程，而善良，却是支撑这个社会进步的基石，是我们昂首阔步踏上人生路途的加油站。

我们均应补一堂叫善良的课程，并有意识地去锻炼善良。

如果你要成为一个真正的男子汉

〔英〕威廉·萨默塞特·毛姆　庞启帆/编译

夜半时分，我被屋外的响声吵醒了。走到门外，我看见父亲拿着猎枪站在台阶上。

"什么事，爸爸？"我问道。

"野狗，孩子。一定是那只吃了我们羊的野狗。"父亲看着远处说。

澳大利亚野狗的嚎叫在寂静的夜晚显得尖厉而悠长，这声声的嚎叫正从两英里外的悬崖传到我们的房子里。

父亲举枪朝悬崖的方向连放了几枪，"听到枪声，它一定会被吓跑的。"父亲说。

第二天早上，我和父亲骑着马，沿着古老的山崖仔细搜寻着野狗的踪迹，突然，我看到了它。那只野狗正紧紧贴在一棵长在悬崖半腰的树的树干上，不停地低吠着，全身还在瑟瑟发抖。

看来，穷凶极恶的羊群杀手身处绝境时也知道害怕。我想，它一定是昨晚从山崖顶上掉下来的。现在，它上不去也下不来。

"哈，上帝显灵了，看我们怎么收拾你！"我为这意外的收获兴奋不已。

为了不惊动它，我们赶紧从马背上下来。

"爸爸，你打算把它打下来吗？"我小声地问。

"当然，这总比它饿死在那儿好。"父亲一边说着一边举起了他的猎枪。

我等着野狗应声而落，但父亲的枪声却没有响起，他把枪缓缓地放了下来。

"爸爸，你为什么不开枪？"我不解地问。

"现在不能，孩子。"

"难道你想放过它？"

"当然不会，孩子。"

"那你为什么不开枪？"

"孩子，我这个时候开枪，对它来说是不公平的。"

我对父亲的话很不理解，但父亲执意不开枪，我也没办法。

第二天，我们又骑着马来到了那个地方。那只野狗仍旧伏在树干上，比起昨天，它显得更加有气无力。但是，父亲仍然没有开枪。

第三天，那只野狗消瘦了许多，看起来虚弱无比。父亲慢慢举起了枪，但我看得出父亲是有些悲伤与不忍的。父亲瞄准了野狗，扣动了扳机。我紧紧盯着树上的野狗，期待着它的尸体无力地坠下，但我失望了。

野狗还在那里，可是，在我的记忆中父亲从未失过手。

惊恐的野狗匆忙往后退，跳离了树干，紧紧抓住悬崖上一块突出的岩石，奋力地向上攀爬。看来，狗急了真会跳墙，也会攀崖。

"爸爸，快看！它跳起来了！快开枪呀，要不就来不及了！"

野狗紧紧贴着岩壁，四只爪子在凹凸不平的岩石上挣扎着一路向上攀爬。一会儿，它就爬到了悬崖顶。

"爸爸，再不开枪，就没机会了！"我急得直摇父亲的身体，但父亲仍然没有开枪。

我眼巴巴地看着身体极度虚弱的野狗翻越崖顶，慢慢在我们的视线中消失。

"你白白放它走了！"我愤怒地朝父亲大吼。

"对，我把它放走了。"父亲望着野狗逃离的方向平静地说。

"为什么？"

"你怪爸爸手软了，是吗？孩子。"

"爸爸，你放它走，过不了几天它又会回来吃我们的羊！"

看着野狗消失的方向，父亲幽幽地说："孩子，如果你要成为一个真正的男子汉，有些事情是不能做的。"

在曼哈顿的女儿

要力石

孩子姥姥生活在小城，大年三十晚上的新闻联播后就要播天气预报了，随口对我说了一句"纽约这几天在下雪"。看似平常的话让我颇多感慨。

一个周六的上午，女儿从纽约曼哈顿打来电话。通过SKYPE的视频，我们在北京看到了IPHONE 4中围着厚围脖的她，看到了屏幕上不断晃动的街景。"看到这条街了吧？你们熟悉的。"位于纽约曼哈顿第33街附近的这条小街有女儿的租房，我们是熟悉的。

自从7岁时从河北到北京与我团聚，女儿再没有长时间离开过家。三年前那个仲夏之日，她即将赴美求学，我的同事和她的同学都到首都机场T3航站楼送行。大家轻松说笑着，以不同组合拍照留念。只有我和她妈妈是局促的，一直到登机时刻来临，她在和妈妈拥抱时，两人才突然难以自制。我平静如常地拥抱了女儿，看着她转身走进国际出发口。她没有再回身。望着她渐行渐远的瘦小身影，感觉胸中被抽空。回到家，少有地点了颗烟，看着灰蓝色烟雾悠然飘散；夫人则不停地擦桌扫地，好像家里的灰尘打扫不净。

她第一条报平安的消息于两天后通过 MSN 发来，此后，有关她租房、上课、穿衣、做饭等的留学经历陆续发来。在北京连米粥都不会煮的她，居然有一天发来一组照片：鸡蛋炒青椒、清炒扁豆和盛满半铁锅的红烧肉。这一件件"艺术品"，是她独立生活的旁证。我看着照片中的红烧肉，欣慰又伤感。

北京和曼哈顿从此链接在了一起，所有关于曼哈顿的消息都被关注，那里下雨了，北京会感觉潮湿，那里下雪了，北京会感觉阴冷。和女儿交流的日子可谓"黑白颠倒"，晚上和她视频时，我们说，晚上好，她则回应：爸爸妈妈，早上好呀！

日子在期待中流逝，我们一家都在迎接一个重要日子的莅临——纽约大学的毕业典礼。早在半年前，她已制定出我们在美期间详尽的旅行计划，哪天去帝国大厦，哪天去华尔街，哪天去中央公园，哪天在哪儿品尝特色冰激凌……由于赶上了在线认定签证，美国使馆要求在规定时间内一字不差地顺利完成所有英文表格，我不厌其烦地苦练基本功，不亚于考了一次托福。

纽约大学的毕业典礼是此行的重头戏。典礼在纽约闹市区的林肯表演艺术中心（Lincoln Center for the Performing Arts）举行，场面盛大和气氛热烈是我没有想到的。比较国内的毕业典礼，无论从仪式还是规模方面，都更为正式与隆重。对于美国人来说，这绝对是一次盛典，亲朋好友皆衣着鲜亮，笑逐颜开。置身充满现代感又不失庄重典雅的林肯中心礼堂，让你有一种时空交错感。喧闹的大礼堂静下来后，一支演奏着苏格兰风格乐曲的乐队，导引着纽约大学紫色旗和硕博们步入会场。我在队伍中看到了身穿紫色硕士服的女儿。她化了淡妆，漂亮而精神。到了宣读毕业生的名单及其专业的时刻。我看到，每宣读一位，便有一个亲友团站起来，欢叫学生的名字，此起彼伏，声如海浪。毕业生随后上台，接受女院长的拥抱并合影。好不容易在欢呼声中听到了女儿的名字，没想到女儿的同学或家人也代我们欢呼。她稳步上台，从容优雅地接受了女院长的拥抱，并和院长说了些什么。这一刻让我浮想联翩，她乃至我们全家为了这一刻吃了多少苦！她从小学、中学到大学，参加了无数的考试，可谓披荆斩棘，过关斩将。我为她而自豪。当晚，我们走出纽约地铁 6 号线第 33 街站时，看到了高耸入云的帝国大厦为这次毕业典礼而特意亮起的紫灯。

旅游方面则按照女儿的计划出行，和所有在美旅游的国人一样，走的也是从西海岸到东海岸最为经典的观光路线，景致精彩纷呈。迪斯尼乐园（Disneyland）的梦幻世界，大峡谷国家公园（Grand Canyon National Park）的险峻恢宏，拉斯维加斯（Las Vegas）的奢华绮丽，南街码头（South Street Sea Port）的旧时光阴，巴尔的摩（Baltimore）的海滨风情，华盛顿地区（Washington，D. C.）的庄重气度，丹麦城（solvan）的异国情调，赫氏城堡（Hearst Castle）的神秘光景，第五大道（Fifth Avenue）的名牌店……一路上，快乐、开心伴随着我们。即使在国内，一家三口这样出门旅游也不多。异国风情和血缘亲情的融合，给了我们双重的享受。在硅谷旁的喜来登酒店入住时，我们一起去逛超市。相比北京，美国的超市品种更丰富，产地更是遍及五大洲四大洋。价格如果不换算，比国内要低许多。恩格尔系数低也表明了美国生活的富裕程度。我少不了要往购物车中放几瓶美国高桶百威啤酒和小瓶装葡萄酒，从此过上了革命小酒天天有的幸福生活。女儿时常会在我抱怨陪她们母女逛街而劳累过度时取笑我：老爸，小酒天天有还不知足呀！

我们加入的这个团如同一个联合国旅游团，全车的五十来个游客，来自欧美亚洲的十多个国家。一车子人都在嚷嚷，互相又听不懂在说什么，让人感觉既新鲜又怪怪的。美国旅行社的管理和服务相当规范。我们先后经过四五位导游，都比较敬业，当然要起小费来，也都不含糊，先用小喇叭广播一番，然后从车头收到车尾，每收一个必会躬身道谢。有一位华裔菲律宾小伙子，专门负责带团迪斯尼乐园，热情、幽默且狡猾。他的中文挺溜，但并不认中国字，他指着一家中国餐馆的招牌对我说，只认识那个"水"字。据说，他因为吃个人票和团体票的差额，一个旅游季便可赚得上万美金。

此次赴美，购物自然在议程之中。女儿是成竹在胸，每次到款台结账时，总要从皮夹中抽出某一张卡，然后回头向妈妈示意又是一个好折扣。在纽约曼哈顿这样世界级大都市购物，是需要专业水准的。让我疑惑的是，在此生活才两年，学习、实习安排紧凑，课余时间还考取了金融从业等级证书，她哪来这么多时间和精力研究各种名牌的价格浮动呢？她解释说，在家里查看网上购物是她的业余爱好和休闲方式。能把购物天性、留学学业和个人爱好巧妙地三合一，也难为她了。

娘俩儿在购物时，我则不断琢磨着这样的事儿，中美两国在物质生活方面到底差在哪？环境方面的差别自不待言，此外，中国是品牌高档化，美国是品牌普及化。在美国，品牌的概念和我们理解的意义不同。对于美国人，是此世界名牌与彼世界名牌之间的选择，而对于我们，是世界名牌与非世界名牌甚至山寨名牌之间的选择。比如 COACH 包，在纽约，据说是从事家政的大妈大嫂们很喜欢挎的。

美国在社会管理方面的特点也让我感觉新鲜。这是一个崇尚自我，又能把张扬个性和约束自我较好融合的国度。比如美国各州对于售酒饮酒都有严格限制。在美国的许多超市、食品店，很难看到酒，白酒更是难觅踪影。据说售酒必须具有专门资质。我几次想喝点啤酒过过瘾都没找到卖酒的。有一天，从旧金山开往洛杉矶的半路上，在一个工厂名牌直销店（Len wood Outlet）旁边，我总算看到了心仪已久的百威。结账后，那位高大壮实的黑人售货员递了一听啤酒后，又递给我一个纸袋。女儿一旁提醒，"这是让您包啤酒用的。"花钱买啤酒还怕人看见？着实糊涂。后来一留心，大街上确是没看到过国内常有的各种场合自由畅饮甚至豪饮的景象。也有例外，那是在拉斯维加斯的狂欢之夜。

虽说是走马观花，但天天在外面转，所见所闻也算浓缩了在美感受。不论哪家商场、哪家饭店，不论黑人白人，也不论管理人员、勤杂工，皆彬彬有礼，耐心有加，极少见到对顾客不礼貌不热情的。不仅如此，我还发现一种现象，美国人不论是什么样的职业，都是一副热爱本职工作，快乐、享受、满足的样子。我在第五大道的一家商场等候她们母女试衣时，找了张椅子刚落座，一位中等身材二十多岁的白人小伙子，微笑地递给我小瓶矿泉水后，旋即忙前忙后地导引顾客。我闲来无事，就盯着他看。每有一位顾客进门，他都如老友相逢，热情迎接，有时会径直引领客人到店里面。每次返回时，都是迈着欢快而跳跃的步履。站的时候，身姿笔挺，其优雅、得体，让我猜想他是一名跳槽的芭蕾舞演员。一个商场导购员，让我产生如此联想，真是一件美妙绝伦的事。

对出国前的女儿，我当然是了解的，她出国前，甚至此次我到美国之前，在我的感觉中，她就是一个时刻需要父母关照的孩子。在去优胜美地国家公园（Yosemite National Park）的路上，长途颠簸让她沉沉入梦，在我的腿上足足睡了两个小时。我保持着军人般的标准坐姿直到目的地。看着她香甜的睡态，我止不住忆起往事，她小时候在火车上就是这样睡在我腿上。作为一个父亲，她的个性，她的特长，她的不足之处，我都心中有数。没想到，一直信奉知女莫若父的我，仅仅十几天时间，对她的认识完全被颠覆。我惊异于她的成熟与细致。在北京时，她娇弱、娇贵，不做家务，也不会做家务。在曼哈顿生活的这两年时间，她像变了一个人，做事情有了周密计划，处理事情还有些老练老到。不仅是我们外出需要她来翻译，地方不熟悉需要她来领路，甚至连吃什么喝什么，也要她来照料。被人照顾，这是我此生才有的感觉。

关于此次旅行，她计划了每一天每一个时段的行程，比如到哪家商场购物，在哪家饭店吃饭。只要是她吃过的，感觉好吃的，都要让我们一一品尝，安排我们几乎遍尝了曼哈顿岛上各种风味的冰激凌和各样西餐，其中最有特点的是那家光头佬巧克力酒吧，甚是有趣。各式点心巧克力、冷饮巧克力、小吃巧克力，样样离不开巧克力，甚至酒吧的大厅里，从上到下布满的粗大的透明管子中，流动的也是液体巧克力。

临离开美国之前，女儿还有一个特别的安排，请美国女同学杰西卡（Jessica）、印度女同学瑞蒂卡（retake）和她们的母亲一起吃饺子，借我们来美之际作一个答谢，这显示出了她的良苦用心。头天晚上，我们一起到唐人街的超市买了前臂尖、排骨、茄子、户子、佐料和饺子粉。次日一大早，我和夫人开始忙碌。为了保证中国菜的质量，我在北京时特意照着菜谱做了若干次试验。热菜、凉菜准备好，又调好了饺子馅儿、擀了饺子皮儿，这时，杰西卡、瑞蒂卡她们先后来到。女儿和她们显然非常熟悉，又是拥抱，又是说笑。中国人讲究在家靠父母，外出靠朋友，女儿深谙此理，她和外国人以诚相待，友好相处，也在许多方面得到了对方的帮助。从女儿寄回的照片中可以看出，她的许多节日和聚会是在美国人家里度过的。

两位母亲到底是家庭主妇，虽说是头一次包饺子，但包出来的饺子像模像样。让我意外的是，她们非常喜欢吃我的清炒户子，杰西卡还对那瓶香醋发生兴趣，她用相机拍下了醋瓶的特写，说要到超市买同样的醋。美国菜好吃，特别是比萨、沙拉、热狗等，但缺点是太甜，菜量少。如果把中西餐结合起来，换着花样吃，那是最好的了。

回国前一天，开始往行李箱放大包小包的服装、干果、巧克力等，因为东西太多，我竟然没能放下。一旁的女儿说了声"还是让我来吧"，于是像一个小伙子一样重新装箱，她把所有的衣服都成卷儿排列，该放的都放进去了。然后坐下来，整理给我买的一种增强膝关节胶质的保健药，还在一张纸片上一一写好服药时间、药量，黄色的服几片，白色的服几片。

女儿喜欢冰激凌，知道她妈妈也喜欢吃，临别纽约的前一晚，我们在女儿的同学振宇的陪同下，特意来到新泽西一家著名的冰激凌店。店面不大，从深红色坐椅到橘黄灯饰，布置得十分精致，几十种风味的冰激凌可供选择。黄昏时分，店里没什么顾客。我们在靠窗的沙发上坐下，女儿坐在我们对面，悠闲地品着冰激凌聊天。窗外是胭脂红的晚霞，夜幕即将拉上时，天色竟是清晨般的豁亮。行人匆匆而过，许多是一家老小，一起去吃晚餐，抑或一起去看演出？新泽西晚霞辉映下的冰激凌小店，在我返回北京很久了，还会出现在脑海里。

回北京那天，女儿和另一位回国留学生同租了一辆面包车送我们。登机手续办得十分顺利，我们顺着隔离绳走向安检口，她和妈妈紧紧拥抱了一会，在和我拥抱时，眼泪还在流。想着一家人又是大洋相隔，难得一聚，不免惆怅。过了安检口，我们看着她离开后，随即在到免税店闲逛。其实女儿并没有马上离开机场，她一直在眼界所及的范围望着我们。以往，不论她到哪儿，总是在父母目光的注视下的；此次，我们的背影则是在她的目光注视下消失的。

女儿大了，她懂得惦念渐渐变老的老爸老妈了。

向前跑，绝不认输

书桂

1916 年 2 月的一天，寒风就像利刃一样无情地吹打着人们的脸。格林·肯宁汉和姐姐莱莎、大哥弗洛德、二哥雷蒙一起吃力地走在美国堪萨斯大草原上。7 岁的格林冻得直吸鼻子，他觉得两个鼻孔几乎都要冻得粘在一块了。他听见从刺骨的冷风中传来大哥弗洛德那富有感召力的喊叫："格林，快跑啊，你那么结实，该跑得快些!"于是，他顶着寒风飞快地跑了起来。

他们家的农舍在美国堪萨斯州的罗拉镇，他们此时正在去往距农舍 3 公里远、十字路口附近那所木板造的小学校途中。跑步真好!寒冷好像被他们有力的脚步甩在了身后。几个孩子气喘吁吁地跑到学校时，已不觉得太冷了。

离上课还有一段时间，老师还没来，另外 19 个学生也还没来。莱莎要在学校外面等老师和同学们，几个兄弟便一起走进校内去避寒。前门只有一把钥匙在老师那儿，因此他们由侧门走进教室。

进去后，格林和二哥雷蒙在黑板上画井字做游戏。大哥弗洛德则走向那大肚子铁炉去生火。

格林跑过去边看边问："可以生火吗？"

"当然可以，等我先在上面倒点煤油。"弗洛德说着，打开油罐盖就倒了下去。突然，一股猛烈骇人的大力把格林推到了墙边。他模糊地听到弗洛德惊呼："我身上着火啦！"格林这才发现自己身上也在烧。他想站起来，两腿却支持不住地软了下去。

雷蒙赶快跑到侧门处高声叫莱莎。她开了门，和雷蒙齐心协力把他们弄了出去。格林学着大哥的样儿，扑倒在地上不停地打滚想把火压灭。弗洛德叫着："快向我们身上泼沙子！"可是地面差不多全冻硬了，根本找不到沙子！

弗洛德摇摇晃晃站了起来，身上还有几处在烧。"格林，快跑，我们必须跑回家才能有救！"他叫着跑了起来。

剩下的3个孩子都惊恐地瞪大了眼睛——弗洛德几乎全身赤裸着，他的外衣烧得只剩下了上半截，而从那儿到他那双冒烟的鞋之间是烧得发黑的躯体。

接着3个孩子也跟在他后面跑。格林看了自己的腿——他的两只裤管全烧掉了。毕竟只有7岁的年龄，他跑着跑着便落后了，二哥雷蒙不住地催促他："你要坚持下去。"

格林又跑了起来。"绝不认输。继续向前。要自己解决问题。"父亲时常叮嘱他们的话此刻响起在格林耳边。

他们总算跑完了那3公里路。快到家时，格林忽然感到疼痛难当，他一头栽倒在地上，昏了过去。

当他醒来时已躺在家中的床上。他听到母亲温柔悦耳的声音在说："医生就快来了。"母亲贴近他的脸颊试了试热度，然后把一条湿毛巾敷在他发热的额上。

格林睁开眼睛，他看到父亲正在悲痛地看着弗洛德。家中其他的人都站在床旁，默不出声，害怕地瞧着他们。他疼得狂叫起来。医生来了，先仔细地查看了弗洛德的伤势，然后轮到格林。母亲抱着他，让医生用亚麻籽油溶液清洗他深入皮肉的灼伤。疼痛使他再次昏了过去。

稍后，医生示意母亲随他走出房门，昏迷中格林仿佛听见他在说："格林的腿要是感染了，就得要截除。就是不锯掉，恐怕将来也走不了路。弗洛德，我们已无能为力了。"格林想要尖叫，可他却发不出一点声音，恐怖笼罩了他的全身。

后来他们才知道，前一晚上有个工艺会社在学校里开会。炉膛里的火在孩子们到达学校时还未完全熄灭，而煤油罐中那天偏偏盛的是汽油，因此发生了最不幸的意外。

他们两兄弟一天又一天地躺在床上。弗洛德虽然已不能转动身体，但他依然乐观，还和家人一起唱赞美诗。

格林的腿红肿得十分可怕，他疼痛得两膝都无法弯曲。可看到大哥的样子，他也不再喊叫，只是心里一遍一遍地重复父亲的话："绝不认输！"

第 9 天早晨，弗洛德死了。格林被惊醒后看到双眼闭合、一动不动的弗洛德，看到母亲泪流满面，他第一次看到母亲哭。几天来一直忍受疼痛的折磨而不掉一滴眼泪的格林，也放声大哭起来。

格林的两腿的伤势不断恶化，左臂长了个大疮，他知道感染已进入到体内。

一天下午，有位太太从邻镇来看格林的母亲。她告辞时格林听到了一句可怕的话："亲爱的，你可要面对现实。格林这一辈子都可能是个残废人了。"

母亲回到房中，从格林的神色上知道他听见了她们的谈话。她紧紧抱住了小儿子，再一次双泪长流。突然，母亲听到他说："妈妈，我不做残废人，我一定会行走的！绝不认输！"

母亲重新审视着她的孩子，把他额前的头发向后拂了拂，下决心似地说："是的，格林，你一定会再走的。"

出事后 3 个月，格林的伤腿还没有愈合。母亲每天把一种有香味的油膏涂上去，耐心地按摩他麻木的腿肌，小心避开脓肿溃烂之处。

擅长奔跑，像鹿一样敏捷的父亲则经常和他谈跑。在受伤之前，父亲曾说过他的小儿子是天生的长跑良才，也曾教过他怎样摆动双臂来增加跑速，以及怎样在长跑中定步速。小格林也常想象自己在参加赛跑，在比赛中跑在别人前面，把距离拉得远远的，他多么希望能够再跑！

酷热的夏天来了，8 月的一天，医生试着把他僵直的双腿弯曲，但怎么也不成功。最后，他沉思了一下，盯着格林的眼睛说："这 6 个月来你一直说你会再走路，现在你还这样想吗？"

"是的，大夫。"

"好，那么我们现在就试试看。"

医生说着就扶着格林缓缓地伸直腰，两腿一点一点向床边移，先伸右腿，再伸左腿。格林只觉得全身冒汗，两脚着地时突然一阵眩晕。

他试着向前迈了一步，可是两腿一点也不听使唤，要不是医生扶着，非跌倒不可。当格林再次被抱上床时，他不禁放声痛哭。

那天晚上父亲回家时，格林对他说："爸爸，我要用楼下那把大椅子。"

父亲将它搬了上来。那把结实的大椅子成了他练习运动的器械。他抓住椅子扶手，慢慢地离开床坐上去，然后抓住一边扶手当拐杖将身体撑起来，靠住椅背，忍着痛，慢慢移步绕到椅子前面去。

圣诞节前夕，母亲照常为他揉搓腿。格林神秘地望着母亲的脸，说："我有件礼物送给你。不过你要站在房门口闭上眼睛才拿得到。"母亲顺从地站在房门口，闭上眼睛。格林这时一下子溜下了床。

"妈，赶快，睁开眼！"他跟跟跄跄地向她跨出一步，然后又是一步……突然一阵天旋地转，母亲赶快过来扶住他，两人一起倒在地上，这时，格林第二次见到母亲哭了。

好不容易等到天气回暖，格林被准许到户外去。有一天，父亲带他去草原猎野兔。当时他只能一瘸一拐地跳着走。

他们出去时，父亲从大车上解下来一匹马。他把马的黑尾巴往格林手中一塞，说："抓住它，我们走吧。"

马向前奔跑起来，格林咬紧牙关，踉跄地向前冲了十几步，父亲才拉住了马。格林看到父亲坚毅的脸上显露出高兴的表情。"孩子，你能跑，只要继续努力。"他说，"别抱怨，要向前跑，绝不要认输！"

第二年春天，他们向西边搬家，来回上学要走更远的路了，这更加增强了格林锻炼腿力的决心。他除了在农田操作外，还拼命做体操运动。那种瘸着腿一跳一跳的步法变成真正的跑步了。

转眼 5 年过去了。

12 岁那年，上小学 4 年级的格林报名参加学校举行的径赛运动会。校长见他身穿家制绒布衬衫和长裤，脚穿厚底帆布鞋，便问道："你打算就这个样子去赛跑？"接着，他叫格林到参赛者称体重的地方去称一下。他说："你太小，只能参加乙组。"

但格林不甘心和他同年龄的孩子一起赛跑的，他要和大孩子们一起跑 1600 米，于是自行走到甲组的队列中。轮到他时，负责磅秤人问道："孩子，你有多重，恐怕不够分量吧？"他说一定要够 32 公斤重才能参加。一边说一边过秤，那人只看看格林站在磅秤上时焦急的脸色，根本没看称数就宣布："32公斤整！"他通过了。

参加甲组的几乎全是中学生，个子都比格林高大许多。格林注意了一下，只有他一个人没有穿运动短裤。他发现他们都穿底上有钉的鞋，于是十分惊奇——以前他可从没见过钉跑鞋！

比赛开始时，别人都一跃向前，起步很快。格林遵守父亲的忠告，不去抢先追赶他们。他稳稳地跑着，等到跑了400米，领先的那个大个子速度减慢时，他才略略加快了脚步。等到跑完前半程800米时，他已追上了最前面的两个选手。接着，他发现有条粗线横过跑道拦在前面，眼看就要勾住他的头，于是就低头从下面钻了过去。直到观众席中有人挥手冲他激动地吼道："要冲断线才算赢呀！"他才又慌忙跑回去，冲断了线。他赢得了冠军。

在回家的路上，他又习惯地跑了起来，他仿佛又听见了父亲的话在耳畔响起："向前跑——绝不认输！"

就这样，格林·肯宁汉一直向前跑，成为他那个时代的优秀长跑健将，并赢得了世界田径运动会奖章。在1933～1940年间，他曾参加纽约市麦迪孙广场公园举行的31次赛跑，赢得21次冠军，并创造了800米和1000米长跑的世界纪录。

真正的赢家

何畅

美国船王哈利曾对儿子小哈利说："等你到了 23 岁，我就将公司的财政大权交给你。"谁想，儿子 23 岁生日这天，老哈利却将儿子带进了赌场。老哈利给了小哈利 2000 美元，让小哈利熟悉牌桌上的伎俩，并告诉他无论如何不能把钱输光。

小哈利连连点头，老哈利还是不放心，反复叮嘱儿子一定要剩下 500 美元。小哈利拍着胸脯答应下来。然而，年轻的小哈利很快赌红了眼，把父亲的话忘了个一干二净，最终输得一分不剩！走出赌场，小哈利十分沮丧，说他本以为最后那两把能赚回来，那时他手上的牌正在开始好转，没想到却输得更惨。

老哈利说：你还要再进赌场，不过本钱我不能再给你需要你自己去挣。小哈利用了一个月时间去打工，挣到了 700 美元。当他再次走进赌场，他给自己定下了规矩：只能输掉一半的钱，到了只剩一半时他一定离开牌桌。

然而，小哈利又一次失败了。

当他输掉一半的钱时，脚下就像被钉了钉子般无法动弹。他没能坚守住自己的原则，再次把钱全都压了上去，还是输个精光。老哈利则在一旁看着一言不发。走出赌场，小哈利对父亲说：他再也不想进赌场了，因为他的性格只会让他把最后一分钱都输光，他注定是个输家。

谁知老哈利却不以为然，他坚持要小哈利再进赌场。老哈利说：赌场是世界上博弈最激烈、最无情、最残酷的地方，人生亦如赌场，你怎么能不继续呢？

小哈利只好再去打短工。

他第三次走进赌场已是半年以后的事了。这一次，他的运气还是不佳又是一场输局。但他吸取了以往的教训，冷静了许多，沉稳了许多，当钱输到一半时，他毅然决然地走出了赌场。虽然他还是输掉了一半，但在心里，他却有了一种赢的感觉，因为这一次他战胜了自己！

老哈利看出了儿子的喜悦，他对儿子说："你以为你走进赌场，是为了赢谁？你是要先赢你自己！控制住你自己，你才能做天下真正的赢家。"

从此以后，小哈利每次走进赌场，都给自己制定一个界线，在输掉 10％ 时他一定会退出牌桌。再往后，熟悉了赌场的小哈利竟然开始赢了：他不但保住了本钱，而且还赢了几百美元！

这时，站在一旁的父亲警告他，现在应该马上离开赌桌。

可头一次这么顺风顺水，小哈利哪儿舍得走？几把下来他果然又赢了一些钱，眼看手上的钱就要翻倍——这可是他从没有遇到过的场面，小哈利无比兴奋！谁知，就在此时形势急转直下，几个对手大大增加了赌注，只两把，小哈利又输得精光……从天堂瞬间跌落地狱的小哈利惊出了一身冷汗，他这才想起父亲的忠告。

如果当时他能听从父亲的话离开，他将会是一个赢家。可惜，他错过了赢的机会，又一次做了输家。

一年以后，老哈利再去赌场时，小哈利俨然已经成了一个像模像样的老手，输赢都控制在 10％ 以内。不管输到 10％，或者赢到 10％，他都会坚决离场，即使在最顺的时候他也不会纠缠！

老哈利激动不已——因为他知道，在这个世上，能在赢时退场的人才是真正的赢家。

老哈利毅然决定，将上百亿的公司财政大权交给小哈利。听到这突然的任命，小哈利倍感吃惊："我还不懂公司业务呢！"老哈利却一脸轻松地说："业务不过是小事。世上多少人失败，不是因为不懂业务，而是控制不了自己的情绪和欲望！"

老哈利很清楚：能够控制情绪和欲望，往往意味着掌控了成功的主动权。能在赢时退场的人，才是真正的赢家。

你的命运与鲨鱼无关

张军霞

"哎呀，你怎么只有一只手？"

"一只手，到底能干什么呢？"

童年的记忆里，出生时就没有左小臂的美国男孩扎克·霍斯金，总会遇到小伙伴们这样的询问。时间久了，他常常用调侃的语气解释："我本来和你们一样，也是有两只手的。可是有一天，我出去游泳，遇到一条鲨鱼袭击，手臂被咬掉了。"当看到小伙伴们露出一脸吃惊的表情时，霍斯金会哈哈大笑，再告诉他们真正的原因。

当然，霍斯金并不是天生就这样乐观的。5岁那年，他疯狂地迷恋上了足球，发现因为自己身体的缺陷，没有办法像别的小朋友那样自如地运动时，小小的他，第一次感觉无比绝望，甚至躺在地上号啕大哭，任谁劝说也不肯起来。

这时，有人叫来了霍斯金的父亲鲍勃。这位大胡子的中年男人，一言不发地站在儿子身边，直到他哭得筋疲力尽时，才轻声地问："眼泪，能让你长出一只手吗？"霍斯金咬着嘴唇，痛苦地摇摇头。

鲍勃盯着儿子的眼睛，严肃地说："有时候，不是所有的事情都会有原因。我们不得不接受它，这就是生活。对于自己的身体，你没有办法选择，因为这是与生俱来的，但是你可以选择自己面对生活的方式。"

说着，鲍勃站起身，示范如何一只手将足球玩转。霍斯金跟在父亲身后，一遍遍练习着，动作那么笨拙，神情却那么认真。就是从这一天开始，霍斯金不再为仅有一只手而哭泣，并开始对各种运动着迷：最早喜欢足球，后来还迷上了棒球、篮球、冲浪……只要感兴趣的，霍斯金都会去尝试，他说："所有的运动都离不开手。我知道自己的劣势，我只能多尝试几遍。别人用一次，我就两次三次，直到掌握了为止。"

还好，上天是公平的，霍斯金虽然没有左手，却有着超乎常人的运动天赋。6岁那年，在和小伙伴们玩游戏的时候，他就表现得特别敏捷和迅速，从来没有被抓住过。11岁那年，他已是校篮球队主力，曾在一场比赛中创造31分的奇迹。

15岁时，霍斯金成为佐治亚州米尔顿高中的一名学生，他依然像从前那样，喜欢各种运动。有一天，学校篮球队的迈克老师，邀请霍斯金去喝咖啡。令这个独臂少年惊讶的是，老师点了各种口味的咖啡，让他每样都尝一口，然后追着问："你能说出哪种咖啡的味道最好吗？"霍斯金吞吞吐吐地说："柠檬？巧克力？我也说不清楚呀。"迈克这才微笑着说："这是因为太多的选择，会让人眼花缭乱，就像你过于热衷各种运动。我观察了很长一段时间，发现你打篮球非常有天赋……"

那次喝完咖啡，霍斯金果断地决定，将以打篮球作为今后努力的方向。为了让自己更快地进入状态，霍斯金总会在集体训练结束之后，默默单独加练。很多次，学校篮球馆在固定的时间已经熄灯了，他就在黑暗里练习投篮。功夫不负有心人，渐渐地，霍斯金的运球、做假动作、上篮、投篮等技巧都表现得不输场上其他身体健全的球员，甚至成为校队中最好的两个球员之一。

真正让霍斯金成名的，是 2012 年冬季和基督学院的一场比赛，他一人投进 7 个三分球，帮助球队获得胜利。有人把该场比赛的视频放上网站，霍斯金一夜蹿红。短短 3 天，就有 1 万人收看这段视频，如今的点击量更是超过 326 万。米尔顿主帅范·基斯这样评价霍斯金："他是卓越的，他的表现让你惊为天人，而当你知道他克服了多大的困难后，会更加佩服他。这几乎是超现实的。"

成为名人的霍斯金还是那样俏皮，他喜欢对别人说："其实，每个人都有自己的梦想，而实现梦想最重要的，是不要给自己找借口，就像我这样，即使曾被鲨鱼'咬'掉了一只手，依然可以扼住命运的喉咙。"

雪人

【美】鲍勃·帕克斯　庞启帆/译

一个大雪纷飞的星期六下午。小男孩和他的父亲正在清理在暴风雪中落在通道上的树叶和树枝。休息时，他们静静地坐着看落雪。

"爸爸，我的朋友告诉我，每一片雪花都是不同的。"小男孩说。

"我相信这是真的。"他的爸爸答道。

然后是短暂的沉默。

"我们如何知道？"小男孩问。

爸爸微笑着看着儿子说："我们只要验证就知道了。"

"但对我来说，它们看起来都是一个样的。"男孩补充道。

爸爸觉得有责任找出一个比较满意的答案，一个他的儿子若干年之后也会记得的深刻答案。

"儿子，雪花就像人。上帝创造的每个人都是不同的。我们以一个非常特别的方式保持我们的独一无二。我们如何知道这个？我们只要验证就知道了。"

孩子站起来，伸出手，然后看着落在他手套上的雪花。

"它们是不同的，"男孩说，"就像人。"

"当他们在一起的时候，他们是那么美丽。"他说，"他们为什么不能融洽相处呢？"

"雪花？"爸爸问。

"不，人，爸爸。如果人们像雪花，并且每一个都像你说的那样独一无二和特别，他们为什么不能融洽相处呢？"

父亲意识到这是一个很大的问题——一个应该得到一个好答案的问题。

"我的意思是，当你看着我手套上的雪花时，它们都是不一样的。而当你看院子里聚在一起的雪时，它们看起来都是一样的。在一起时，它们更美丽。"

爸爸坐在那里，思考了片刻。

"选择。"他说。

"选择？"孩子问。

"上帝给予我们最好的礼物之一就是选择的权利。我们所有的人都是不同的，但我们有一个共同点：我们可以选择我们要做的事。比如我们如何着装，住在哪里，还有我们彼此如何对待对方……"

"所以选择是一件坏事情？"男孩问。

"哦，不。只是在我们选择错误的时候。"

"我们如何知道什么是对，什么是错？"男孩问。

爸爸放眼四周，内心思绪涌动。是的，他得兑现他刚才说的"我们只要验证就知道了"的话。他必须抓住这个建立他儿子的信仰基础的机会。

爸爸走进雪地，搜寻他认为正确的答案。

"假如这些雪就是世界上所有的人，在一起时，他们都是美丽的。现在他们被赋予了选择的权利。他们认识到在一起工作是多么的美好，所以他们开始建立合作关系。"

爸爸俯下身，把雪分成了两堆。

"两方都承认他们的不同之处。一方说："让我们在一起，用我们各自不同的能力，同心协力来做有益于世界的事情。"另一方说了同样的话，但如何做事，他们的想法不能达成一致，所以他们每一个都从这个整体上分离了。"

说完，爸爸看着儿子。

"你现在明白了吗？"

"是的，我想我明白了。"男孩答道。

然后，爸爸继续搬弄雪。用第一堆雪，他造了三个巨大的雪球；用另外一堆，他则造了几个比较小的雪球。

"哪一方做了正确的事情？"他问孩子。

男孩看着两堆雪球，无法做出选择："爸爸，我不知道。"

爸爸把三个巨大的雪球叠了起来。

"这是一个雪人！"男孩脱口喊道。

"现在，哪一方做了正确的事情？"

"拼成雪人这一方。"男孩兴奋地答道。

"是的，这些雪花走到了一起，并且它们每个都认识到自己是独一无二的，它们每个都加入了一分努力，雪花走到了一起，并且认识到自己是独一无二使雪人得以诞生。"爸爸说。

男孩站起来，捧起一捧雪，团成雪球，然后他开始一个接一个把它们朝那堆被他爸爸分成了几个小雪球的雪堆扔去。

"你在干什么？"爸爸问。

"这就是人们不能融洽相处所引发的结果，他们发生了战争。"他说。

爸爸震惊了。他站起来，把儿子揽入怀里，紧紧地抱着他。

他在他的耳边轻轻说："我祈求上帝让你永远与你身边的每一个人融洽相处。"

男孩舒服地靠在爸爸的臂弯里，说："我会做出正确的选择。我会学习塑造世界上最棒的雪人"。

爱，很简单

林夕　戴希　紫芯

父亲在家等我

星期三下午，学校老师照例要开会、学习，学生们上了两节课就放学了。

他和班上的两位同学欢蹦着走出校门，没有回家，而是去了离家不远的森林公园。他们一直玩到天黑，还感觉有些意犹未尽。

"嘿，想不想吸支烟?"回去的路上，他突发奇想。

"好哇。"两位好友齐声赞成。

三个人停下来，把衣兜里的钱都掏了出来，买了一包"阿诗玛"。

他们拿了香烟，跑到路边拐角处。他把烟盒撕开，给两位同学一人一支，自己也拿起一支，叼到嘴上。这才发现，刚才忘了买火。

他冲伙伴们耸耸肩，然后把视线投向路边，张望着。

正是日暮时分，路上不时有行人匆匆走过。他想上前借火，又觉得有些唐突。正在这时，他发现，在路的那一端，有一个小亮点，在夜幕中闪着微弱的光，向他这里慢慢移动。他不禁心中一喜，仿佛已经嗅到了诱人的香烟味。

那个小亮点终于走近。他走上前去，说："哥们儿，借个火！"

那个人停下来，把手中燃着的烟递给他，他接过来，把自己的烟点着，美美地吸了一口，抬起头，把烟还给这位行人。这时候，他才看清他的脸。

刹那间，他惊住了。拿烟的手停在半空。

那个人缓缓地伸出手，接过他手中的烟，凝视了他一会儿，又把视线转向他旁边的两位同伴。然后，拍了一下他的肩膀，郑重其事地说："回家吧"。

他说不出话来。

旁边的好友有些不解地问："为什么？"

"因为，"那个人看着他一字一顿地说，"你的父亲在家等你！"说完，转身走了。

那个人的背影已经消失在夜色中，他还直愣愣地站在那里。两位同伴用手碰了一个他的胳膊，问："你怎么了？"

他转过身来，看了看两位同伴，把手中的烟扔到地上，用脚狠狠地踩灭。

"把烟捻灭回家去！"他语气十分坚决。

两位同伴看着他，又看看手中冒着缕缕香气的烟，不约而同地说："为什么？"

"因为，我的父亲在家等我。"

"你怎么知道？"

他看着两位同伴，低下头来，声音有些哽咽："刚才那个借火给我们的人，他，就是我的父亲！"

其实很简单

这个故事你可以信，也可以不信，但它完全真实——

光天化日下，一个歹徒正在抢劫，旁若无人；被抢的女人拼命抱紧自己的坤包，死活不放。

"抓强盗、抓强盗啊！"女人几乎在歇斯底里地叫喊。

大街上人来人往。有的视而不见，有的驻足远观，有的且看且退。谁也不敢制止歹徒行劫。不仅不敢制止，连呵斥一声的举动也没有；不仅不敢呵斥，就是悄悄用手机报个警也无人肯试。

沉默，好一阵可怕的沉默。

沉默过后，有个戴着眼镜、文弱书生似的小伙忽然一声怒吼，像狼一般冲向歹徒。

歹徒大惊，立即掏出一把尖刀，目眦尽裂地瞪着小伙："狗咬耗子是吧？再不识趣老子捅了你！"

小伙愣怔一下，仍然像狼一般猛扑上去。

很快，小伙摇摇晃晃，蹲了下去，但片刻，又咬紧牙关站立起来。虽然被锋利的尖刀刺中下腹，但小伙强忍剧痛，没有倒下。他一手紧紧抓住刀柄，不让尖刀深入；一手像钳子，死死钳住歹徒的手腕不放。

女人趁机挣脱，嗷嗷大叫，挥拳砸向歹徒。

歹徒的脸红一阵白一阵，一时不知所措。

众人被小伙的英雄壮举深深感染，群情激愤，一窝蜂地冲向歹徒，七手八脚，将歹徒摁倒在地。

有人赶紧掏出手机报警。

警车风驰电掣般地赶到。

警察怒不可遏，给歹徒戴上了冰冷的手铐。

人们小心扶住小伙，请求用警车送小伙去医院。

"儿子，我的儿子！"听到小伙吃力的呻吟，人们才发现小伙的身旁还站着个小男孩。小男孩五六岁的样子，被刚才惊心动魄的一幕吓呆了。

警车一路鸣笛，将小伙送到医院。

幸亏没有刺中要害。几天后，小伙的伤情得到缓解。

有关部门要将小伙评为见义勇为的大英雄，小伙所在的单位竟炸开了锅。

"他可是我们单位最胆小怕事的人呵！"

"平常谨小慎微得不敢踩死一只蚂蚁！"

"说歹徒不费吹灰之力抢劫了他我们还信！他会赤手空拳与挥着凶器的歹徒搏斗，太邪！"

……

这样的议论传出，记者深感蹊跷。

"当时，那么多人鱼不动、水不跳的，你一个弱不禁风之人，何来胆量挺身而出？特别令人震惊的是，面对歹徒锋利的尖刀，你为什么还敢奋勇向前？"记者找到病榻上的小伙，下意识地探问。

小伙犹豫道："你是想听真话，还是……"

"当然想听真话！"

"那好，只是我的话你千万不要对外报道。"小伙的脸上飞过一朵红云。

记者认真地点头。

"当时，我的儿子憋不住拽了一下我的手，'爸，抓歹徒、抓歹徒呀！'我的儿子才6岁，还是稚气未脱的小毛孩，我堂堂一个大男人，总不能在他面前装孬种，让他都瞧不起吧？"

记者一愣："就这一点？"

"对，就这一点！"

秘密伙伴

4年前，家住云南省昆明市的8岁男孩安安患了某种难以治愈的恶性淋巴瘤，剧烈的疼痛使他情绪烦躁，他整天缩在床上不肯动一动。但每天邮递员的自行车铃清脆地摇响时，安安都会马上跳起来，向门口冲去，因为邮递员会为他带来一个秘密伙伴寄来的一封信（有时也许会是一张卡片），上面写满热情鼓励他与病痛作斗争的话语。那些语言幽默风趣又充满爱意，使他暂时忘掉了难吃的药和剧烈的病痛。

这是母亲以"你的秘密伙伴"的名义写给儿子的。坚强的母亲以这样特殊的方式表达着对儿子的爱心，每天一次，从未间断过。起初，安安使劲猜测这些邮件的来源。渐渐地他不再猜测，也不再询问，只是让它安慰着病中的自己。后来，母亲发现，喜欢画画的儿子每天都趴在桌子上，不停地画着。她为儿子有了这样的精神寄托而感到高兴。

4 年后，安安终于没能战胜病魔，死神伸出冰冷的手臂在亲人们悲痛的泪水中拖走了 12 岁的安安。若干天后，母亲整理儿子的遗物，拉开安安的抽屉，即刻，她的眼睛盈满了泪水。抽屉里一个大大的信封上赫然写着"给我的秘密伙伴"，里面每一幅画的右上角都写着一行清晰的小字："妈妈，我爱你。"

卖白菜

莫　言

1967 年冬天，我 12 岁那年，临近春节的一个早晨，母亲苦着脸，心事重重地在屋子里走来走去，时而揭开炕席的一角，掀动几下铺炕的麦草，时而拉开那张老桌子的抽屉，扒拉几下破布头烂线团。母亲叹息着，并不时把目光抬高，瞥一眼那三棵吊在墙上的白菜。最后，母亲的目光锁定在白菜上，端详着，终于下了决心似的，叫着我的乳名，说：

"社斗，去找个篓子来吧……"

"娘，"我悲伤地问，"您要把它们……"

"今天是大集。"母亲沉重地说。

"可是，您答应过的，这是我们留着过年的……"话没说完，我的眼泪就涌了出来。

母亲的眼睛湿漉漉的，但她没有哭，她有些恼怒地说："这么大的汉子了，动不动就抹眼泪，像什么样子?!"

"我们种了一百零四棵白菜，卖了一百零一棵，只剩下这

三棵了……说好了留着过年的，说好了留着过年包饺子的
……"我哽咽着说。

母亲靠近我，掀起衣襟，擦去了我脸上的泪水。我把脸伏
在母亲的胸前，委屈地抽噎着。我感到母亲用粗糙的大手抚摸
着我的头，我嗅到了她衣襟上那股揉烂了的白菜叶子的气味。

透过蒙眬的泪眼，我看到母亲把那棵最大的白菜从墙上钉
着的木橛子上摘了下来。母亲又把那棵第二大的摘下来。最
后，那棵最小的、形状圆圆像个和尚头的也脱离了木橛子，挤
进了篓子里。我熟悉这棵白菜，就像熟悉自己的一根手指。因
为它生长在最靠近路边那一行的拐角的位置上，小时被牛犊或
是被孩子踩了一脚，所以它一直长得不旺，当别的白菜长到脸
盆大时，它才有碗口大。发现了它的小和可怜，我们在浇水施
肥时就对它格外照顾。我曾经背着母亲将一大把化肥撒在它的
周围，但第二天它就打了蔫。母亲知道了真相后，赶紧将它周
围的土换了，才使它死里逃生。后来，它尽管还是小，但卷得
十分饱满，收获时母亲拍打着它感慨地对我说："你看看它，
你看看它……"在那一瞬间，母亲的脸上洋溢着珍贵的欣喜表
情，仿佛拍打着一个历经磨难终于长大成人的孩子。

集市在邻村，距离我们家有三里远。寒风凛冽，有太阳，
很弱，仿佛随时都要熄灭的样子。不时有赶集的人从我们身边
超过去。我的手很快就冻麻了，以至于当篓子跌落在地时我竟
然不知道。篓子落地时发出了清脆的响声，篓底有几根蜡条跌
断了，那棵最小的白菜从篓子里跳出来，滚到路边结着白冰的

水沟里。母亲在我头上打了一巴掌，我知道闯了大祸，站在篓边，哭着说："我不是故意的，我真的不是故意的……"母亲将那棵白菜放进篓子，原本是十分生气的样子，但也许是看到我哭得真诚，也许是看到了我黑黢黢的手背上那些已经溃烂的冻疮，母亲的脸色缓和了，没有打我也没有再骂我，只是用一种让我感到温暖的腔调说："不中用，把饭吃到哪里去了？"然后母亲就蹲下身，将背篓的木棍搭上肩头，我在后边帮扶着，让她站直了身体。

终于挨到了集上。母亲让我走，去上学，我也想走，但我看到一个老太太朝着我们的白菜走了过来。她用细而沙哑的嗓音问白菜的价钱。母亲回答了她。她摇摇头，看样子是嫌贵。但是她没有走，而是蹲下，揭开那张破羊皮，翻动着我们的三棵白菜。她把那棵最小的白菜上那半截欲断未断的根拽了下来。然后她又逐棵地戳着我们的白菜，用弯曲的、枯柴一样的手指，她撇着嘴，说我们的白菜卷得不紧，母亲用忧伤的声音说："大婶子啊，这样的白菜您还嫌卷得不紧，那您就到市上去看看吧，看看哪里还能找到卷得更紧的吧。"

我对这个老太太充满了恶感，你拽断了我们的白菜根也就罢了，可你不该昧着良心说我们的白菜卷得不紧。我忍不住冒出了一句话："再紧就成了石头蛋子了！"老太太抬起头，惊讶地看着我，问母亲："这是谁？是你的儿子吗？""是老小，"母亲回答了老太太的问话，转回头批评我："小小孩儿，说话没大没小的！"老太太将她胳膊上挎着的柳条篓篓放在地上，腾出手，撕扯着那棵最小的白菜上那层已经干枯的菜帮子。我十分恼火，便刺她："别撕了，你撕了让我们怎么卖?!"

"你这个小孩子，说话怎么就像吃了枪药一样呢?"老太太嘟哝着，但撕扯菜帮子的手却并不停止。

"大婶子，别撕了，放到这时候的白菜，老帮子脱了五六层，成了核了。"母亲劝说着她。她终于还是将那层干菜帮子全部撕光，露出了鲜嫩的、洁白的菜帮。在清冽的寒风中，我们的白菜散发出甜丝丝的气味。这样的白菜，包成饺子，味道该有多么鲜美啊！老太太搬着白菜站起来，让母亲给她过秤。母亲用秤钩子挂住白菜根，将白菜提起来。老太太把她的脸几乎贴到秤杆上，仔细地打量着上面的秤星。我看着那棵被剥成了核的白菜，眼前出现了它在生长的各个阶段的模样，心中感到阵阵忧伤。

终于核准了重量，老太太说："俺可是不会算账。"

母亲因为偏头痛，算了一会儿也没算清，对我说："社斗，你算。"

我找了一根草棒，用我刚刚学过的乘法，在地上划算着。

我报出了一个数字，母亲重复了我报出的数字。

"没算错吧?"老太太用不信任的目光盯着我说。

"你自己算就是了。"我说。

"这孩子，说话真是暴躁。"老太太低声嘟哝着，从腰里摸出一个肮脏的手绢，层层地揭开，露出一沓纸票，然后将手指伸进嘴里，沾了唾沫，一张张地数着。她终于将数好的钱交到母亲的手里。母亲也一张张地点。

等我放了学回家后，一进屋就看到母亲正坐在灶前发呆。那个蜡条篓子摆在她的身边，三棵白菜都在篓子里，那棵最小的因为被老太太剥去了干帮子，已经受了严重的冻伤。我的心猛地往下一沉，知道最坏的事情已经发生了。母亲抬起头，眼睛红红地看着我，过了许久，用一种让我终生难忘的声音说：

"孩子，你怎么能这样呢？你怎么能多算人家一毛钱呢？"

"娘，"我哭着说："我……"

"你今天让娘丢了脸……"母亲说着，两行眼泪就挂在了腮上。

这是我看到坚强的母亲第一次流泪，至今想起，心中依然沉痛。

温暖的教育

贻兰　孙道荣　张海迪

妈妈的谎言和泪水

第一次参加家长会。

幼儿园的老师说："你的儿子有多动症，在板凳上连 3 分钟都坐不了，你最好带他去医院看一看。"回家的路上，儿子问老师都说了些什么，她鼻子一酸，差点流下泪来。因为全班 30 位小朋友，唯有他表现最差；唯有对他，老师表现出不屑。然而她还是告诉她的儿子："老师表扬你了，说宝宝原来在板凳上坐不了一分钟，现在能坐 3 分钟了。其他的妈妈都非常羡慕妈妈，因为全班只有宝宝进步了。"那天晚上，她儿子破天荒吃了两碗米饭，并且没让她喂。

儿子上小学了。

家长会后，老师说："全班 50 名同学，这次数学考试，你儿子排第 40 名，我们怀疑他智力上有些障碍，您最好能带他去医院查一查。"回去的路上，她流下了泪。然而，当她回到家里，却对坐在桌前的儿子说："老师对你充满信心。他说了，你并不是个笨孩子，只要能细心些，会超过你的同桌，这次你的同桌排在 21 名。"说这话时，她发现儿子黯淡的眼神一下子充满了光，沮丧的脸也一下子舒展开来。她甚至发现，儿子温顺得让她吃惊，好像长大了许多。第二天上学时，去得比平时都要早。

孩子上了初中，又一次家长会。

她坐在儿子的座位上，等着老师点她儿子的名字，因为每次家长会，她儿子的名字在差生的行列中总是被点到。然而，这次却出乎她的预料，直到结束，都没听到。她有些不习惯。临别，去问老师，老师告诉她："按你儿子现在的成绩，考重点高中有点危险。"她怀着惊喜的心情走出校门，此时她发现儿子在等她。

路上她扶着儿子的肩，心里有一种说不出的甜蜜，她告诉儿子："班主任对你非常满意，他说了，只要你努力，很有希望考上重点高中。"

高中毕业了。第一批大学录取通知书下达时，学校打电话让她儿子到学校去一趟。

她有一种预感，她儿子被清华录取了，因为在报考时，她给儿子说过，她相信他能考取这所学校。

她儿子从学校回来，把一封印有清华大学招生办公室的特快专递交到她的手里，突然转身跑到自己的房间里大哭起来。

边哭边说："妈妈，我知道我不是个聪明的孩子。可是，这个世界上只有你能欣赏我……"妈妈悲喜交加，十几年来凝聚在心中的泪水，一颗颗打在她手中的信封上。

亲亲那个姐姐

事情发生在普吉岛的 Club Med 度假村。

有一天，我在大厅里突然看见一位满脸歉意的工作人员，正在安慰一个大约 4 岁的来自欧洲国家的小孩，饱受惊吓的孩子已经哭得精疲力竭了。

问明原因之后我才知道，原来那天小孩较多，这位工作人员一时疏忽，在儿童的网球课结束后，少算了一位，将这个小孩留在了网球场。等她发现人数不对时才赶快跑到网球场，将那个被遗忘的孩子带了回来。孩子因为一个人被留在偏远的网球场，饱受惊吓，哭得稀里哗啦的。

这时，妈妈出现了，她蹲下来安慰 4 岁的孩子，并且很理性地告诉他："已经没事了。那位姐姐因为找不到你而非常地紧张难过，她不是故意的，现在你必须亲亲那个姐姐的脸颊，安慰她一下！"

只见那个 4 岁的孩子踮起脚，亲了亲蹲在他身旁的工作人员的脸颊，并且轻轻地告诉她："不要害怕，已经没事了。"

大概就是这样的教育，才能培养出宽容、体贴的孩子吧！

一位母亲的危机处理

2010 年 1 月 24 日，星期天，杭州一个名叫山水人家的小区。宁静的小区道路两旁，停满了私家车。谁也没想到，平时停的好好的小车，瞬间惨遭毒手，被利器划的伤痕累累。停在路旁的几十辆小车，无一幸免。粗略估计，仅这些划伤的修理费，就需要四五万元。有人报了警，愤怒的车主们发誓要揪出恶意划车的人。

小区的监控录像被调了出来，从监控录像上可以看出，是一大一小两个孩子干的，大一点的像个小学生，脚下还踩着滑板车，小的估计才上幼儿园。他们一路走一路划……这是谁家的孩子？胆子也忒大了！太没教养了！但监控录像看不太清楚，没人认识这两个孩子。

警方开始调查。网络和第二天的报纸上都报道了这件事。

第二天下午，一位妇女给派出所打电话，划伤汽车的是她的孩子。

她也住在那个小区。她是第二天才从网上看到小区车子划伤的帖子，帖子中描述的两个孩子，大的很像她的孩子，而小的是她同学的孩子。当时两个孩子下楼去玩，时间、地点、两个孩子的特征，都吻合。她赶紧跑到小区物业公司，调看了监控录像，果然是她的孩子。

她意识到问题的严重性。冷静下来后，她是这样处理的

——给派出所打电话，毫不犹豫地告诉民警，车子是自己孩子划的，我们将承担全部责任。

晚上，儿子放学回家。她问他："是不是你干的?"儿子低头不语。她对儿子说："你是男子汉，是你做的，就要勇于担当"。儿子承认，是他干的。又问他："如果你的折叠车被人划上了，你心疼不心疼?"儿子说心疼。她说："你的折叠车几百元就可以买到，而人家的车一二十万，有的甚至上百万，你说会不会心疼?"儿子连着向她鞠了几个躬说："妈妈，我错了!"

她打印了一份致歉信，向向所有被划伤车的车主表达歉意，并表示愿意承担全部责任和修理费用。致歉信复印了几十份，张贴在小区所有的出入口和楼梯口。她还联系了一家信誉很好的汽车修理行，负责修理所有被孩子划伤的汽车。

第二天、第三天，连续两个晚上，等儿子做完作业，她领着儿子，挨家挨门登门道歉。她要求，门铃又儿子自己摁，这是儿子面对错误的第一步。儿子在课余折叠了很多纸船，上面醒目地写着："对不起"三个大字，他将这只船作为礼物，送给车主们。每到一家，孩子一进门就说："对不起，我不知道划车的后果这么严重，请你们原谅我。"所有的车主都表示，愿意原谅孩子。

她对儿子说："叔叔阿姨都很宽容，原谅了你。但是，你要记住，千万别拿别人的宽容当成自己犯错的借口，你要敢于担当，知道什么叫责任心，学会感恩。"

一场危机被这位母亲成功地化解了，剑拔弩张的人们，怒气消去；一张张冰冷阴沉的脸，露出了笑容。而作为犯错孩子的母亲，她至始至终都没有推卸责任，没有逃避，也没有雷霆大发，事情圆满解决，车主都很满意，更重要的是，孩子认识了错误，学会了担当，获得了原谅。我想，他这辈子都不会忘记这次教训，但也不会在心灵上留下难以弥补的阴影。

我是一个古老的传说

我小时候最喜欢听大人讲神话故事，我的爷爷就会讲很多神话故事。我总是追问爷爷，星星是怎么出来的，天上有多少星星、还有月亮……于是爷爷就给我讲故事，他的语调深沉而舒缓，那古老而神秘的色彩紧紧抓住我的心，那时只有听爷爷讲故事、我这个不安分的小姑娘才能安静一会儿。

当我开始能够自己阅读的时候，神话又一次深深地吸引了我。我的病床上堆起了许多色彩绚丽、插图精美的神话故事集。那一幅幅插图解开了爷爷未曾给我解开的谜团，有时却也束缚了我的想象。比如，神话里的人穿什么衣裳呢？爷爷没有告诉过我，而插图里的人物，有腰上围着大树叶的女娲，有身披兽皮肩背弯弓的后羿、还有白发长髯腰挂葫芦的神农……

岁月的流逝并没有泯灭我回归童年天真的向往，夜晚当我在灯下写作，每每感到困顿疑惑的时候，爷爷那深沉的话音仿佛又回响在我的耳畔：很久很久以前……于是一个悠久远邈的故事，带着苍凉和悲壮、恢弘和寥廓就浮现在我的眼前，激起我深广旷远的遐想，也带给我浪漫迷人的情怀。我一次次地重返神话的世界，循着古老文明的发展轨迹，去寻幽探源。我想神话的永恒魅力就在于它是人类想象力无限驰骋纵横的产物。今天，关闭在玻璃房子里的现代人，艺术创造或许更需要丰富的想象力。

今天的人们再也听不到有文字记载以前的神话故事那质朴的声音了。一些神话已经被现代人改编成舞蹈、音乐、电视，它们的审美价值被极大地扩张了。我们只有在老人们低沉沙哑的讲述中，还能隐约感受到一点那些故事原始淳朴的美。

记得小时候，我住进医院，爷爷在病床前陪伴我，我问爷爷，我的腿为什么不能走路了。爷爷说这是一个古老的传说，他说很久很久以前，在一个遥远的地方住着一个善良的女娲，有一天女娲在自己的家门口用黄土捏泥人。那时候世界上没有几个人，女娲就想捏很多人，让所有的人都有兄弟姐妹。忽然一阵狂风大作，天下起了倾盆大雨，女娲慌忙把那些泥人拢到一起，用自己的身体为他们遮雨，可还是有一个小泥人被雨水冲走了，后来雨过天晴，女娲发现少了一个小泥人，就到处去找，最后小泥人找到了，可她的腿却被大雨淋坏了，从此世界上就有了不能走路的孩子……

我流下眼泪，原来我是一个古老的传说。

向心爱的狐狸开枪

〔英〕 麦克·莫波格

整个晚上，比利都在思索着乔所说的话。此前，他从未想过小狐狸可能曾经想要离开他。当他一早醒来发现小狐狸挨着他睡在床铺上时，他开心得都想大喊大叫，想把乔叫醒，只为告诉乔：他的小狐狸回来了，他的想法没有错，他的小狐狸永远都不会一走了之，离他而去。但是，他一直等到吃早餐时才告诉乔这些想法。乔点燃那天的第一支烟斗，叹了口气说："比利，我的好孩子，我这一辈子都在照料野生动物。刚开始时，我也是每一只都想拥有，想把它们聚集在一起，想让它们就待在我身边，这样我就能看着它们了。孩子，你会发现你不能这么做，如果你想竭尽所能让它们过得好，那你就不能这么做。今天上午，我准备去放生我们的两只天鹅——你知道的，就是腿被钓鱼线缠住后受伤的那两只。我也不想让它们走，但是我已经做完了所有我能为它们做的事，现在该看它们自己的了。也许它们会活下去——我希望如此——也许它们不会，那不是我所能控制的。仅仅因为我帮助过它们，比利，它们不属于我。它们是野生的，比利。你自己也这么跟我说过，还记得吗？外面的河面才是它们该待的地方。孩子，你把你的小狐狸圈在身边越久，它就越难恢复野性。它越小离开，以后在外面生存下去的机会就越大。"

"它是我的小狐狸，"比利说，"我们相依为伴。它不会想离开的，否则它为什么回来？"

"可能有一天它就不会再回来了，我的好孩子。"乔说道，然后就没再说什么了。

现在，每天傍晚，小狐狸都会出去得越来越早，在夜里回来得越来越晚。有一次小狐狸回来得特别晚，已经到了黎明时分，比利都已经起来在甲板上听乔吹口琴了，它才小跑着穿过田野，然后在离驳船不远处坐了下来一起倾听。现在它听到呼唤时也很少过来了，而且也不再待在驳船船头蜷缩在比利身旁了，而会像被关在笼子里的老虎一样在甲板上踱来踱去。当小狐狸跟比利在一起时，它看起来还是像以前一样喜欢比利，信任比利，但比利还是感觉到小狐狸对自己越来越疏远，而对其他东西却越来越感兴趣。

在最后那个夜晚，他们就坐在外面的甲板上，比利搂着小狐狸。他能感觉到小狐狸想要抽身离开，但是他死死搂住，不愿意让小狐狸走，生怕它再也不回来。"比利，我的好孩子，"乔说，"坐在你身旁的是一只野生狐狸。它爱你，比利，和你爱它一样多。比利，它把你当成妈妈一样爱你。但是狐狸也会离开自己的妈妈，我的好孩子。如果它开始依赖你，那它就再也无法成为一只真正的狐狸，你会剥夺它的野性，比利，那是一件很可怕的事情，跟夺走它的灵魂几乎没什么两样。让它走吧，比利。让它走吧，孩子。"

比利放开了小狐狸，小狐狸立即跳上岸，一溜烟跑了。

那天晚上，比利甚至都没有再呼唤小狐狸，现在他终于明白，这已经没有任何意义了。他知道，他要失去它了。那晚非常热，热得让人睡不着，不管怎样，比利一直半醒着等着小狐狸回来。他把所有能说的事都告诉了乔，因为在黑暗中比较容易说出口。乔静静地听着，没有说一个字，直到比利讲完，他才说了一句："比利，我的好孩子，晚安！"

小狐狸在第一道曙光来临之前还没回来，到吃早餐时也还没回来。那天早上，比利一点儿早餐也吃不下。他没有听从乔的建议，反而跑到田野里吹着口哨，大声呼唤着小狐狸回来。当比利回到驳船上时，乔看得出来这个男孩之前一直在哭。乔知道，什么都不能安慰比利，所以他也没去尝试。当乔注视着这个男孩垂头丧气地坐在驳船船头等着那只小狐狸时，他终于决定好怎么做了。

乔相信，小狐狸最后还是会回来的。他的判断没错，大约在中午时分，小狐狸轻轻地穿过田野向他们走来。乔先看到了它，便准备好猎枪。他一直等小狐狸走得足够近后，才拿着双管猎枪对着小狐狸头顶上空打了一枪。比利跳了起来，尖叫着让乔不要再开枪，但是乔重新上好子弹，又对着小狐狸头顶开枪。小狐狸转身跑了约二十步，又停了下来。"这是唯一的办法，比利。"乔说着，再次装好子弹。"狐狸只有一个敌人，比利，那就是人类，包括你和我。如果你想让它在外面生存下去，那么，你必须亲自给它上这一课。"乔把枪递给比利。"朝天开枪，比利，把它吓到再也不会回来。开枪吧，比利，为了小狐狸，现在就开枪吧。"

比利扣下扳机开了两枪，然后眼睁睁地看着小狐狸冲出田野，消失在树林中。

20 块点心和 3 颗水果糖

韩松落

32 年前，他们住在距离唐山市一百多里地的村子里。地震是半夜里来的，那次地震给他们村造成的损害并不严重，那时，通讯也不发达，他们无从得知别处的情况究竟如何。地震之后，天刚亮，父亲就带着他到大队的小卖部买了两斤点心，准备去看爷爷奶奶，他们住在市里的伯父家，父亲担心他们出事。

说实话他很开心。他从小卖部偷了 3 块水果糖。更重要的是，那是他第一次出远门。远方传来一种磅礴而幽深的声音，也不知道来自何处。他们在这种声音的陪伴下，路过了许多村子，每过一个村子，他们都会听到形形色色的哭声。父亲始终不说话，偶尔发出一两声叹息。后来村子越来越少，他们的旅程也越来越艰难。马路两旁的大树全倒了，隔不多远，大地上就会出现一条又宽又深的裂口，里面是浑浊的污水。父亲只有先把他抱到安全的地方，再将自行车拎过去。

等到达一个叫独寞村的地方时，他们再也没法骑车前行了，村子已经彻底变成了一个废墟。父亲将自行车停在一边，跑到一间坍塌的房子里。他也跟着跑过去。然后他们看到了一个人，他的腿被墙壁压着动不了，可他仍耐心地用手往肚子里塞肠子，看到父亲走过来时，他说："我好饿，我好饿，有吃的吗大兄弟？"也许他知道自己快死了。父亲开始搬压在他腿上的石块，父亲虽是他们村工分挣得最多的，可仍搬不动那块石头。父亲吆喝他把那包点心拿过去，从里面掏出两块，往那个人嘴里塞。那人很耐心地嚼，嚼着嚼着就不动了。

那是如何的一种情景？世界那么静，又那么嘈杂，到处是喊"救命"的呼声。父亲用自行车推着他，每每听到喊声，他们爷俩都忍不住停下，去看看是否能帮上忙。到唐山市郊时，他们走得更慢了，父亲帮着幸存者从废墟里抠人，帮着用铁锹撬石板，遇到压在废墟下的伤者，父亲就去发一块点心。他们探望祖父母的点心渐渐快要发完了，他不时提醒着父亲，还剩下8块……还剩下6块……还剩下4块……父亲踢了他一脚，大声吼道："这个时候你还计较啥！"

他当时很伤心，不是一般的伤心。他只有在过年时才能吃上块点心，他是那么喜欢吃那种又脆又甜、粘着芝麻、泛着油花的点心。他噙着泪，继续帮他们从土里抠人。其中有个小女孩，整个身体和头颅都被压在里面，只有双小手伸出来。他想了想，把一块偷来的水果糖放在她手心，他不知道她后来是不是吃了那块糖。

在胜利桥他们遇到了一个男人。他正蹲在废墟边上发愁。

父亲问他为什么不救人？这个人就嚎啕起来，他说："我爸、我妈、我大弟、我二弟、我大妹、我二妹全压在里面了，我先救谁呢，我先救谁呢？"父亲就说："先救活着的，谁还活着先救谁！"说着父亲突然也大声哭起来。他极少见到父亲哭。后来他想，父亲那时可能已经想到，爷爷和奶奶很可能已经遭遇不测了。

快天黑的时候，他们才到了爷爷奶奶住的地方。可是到了又有什么用？他们已经找不到他们的房子和他们的人了。他和父亲站在那里谁也不说话。他们的点心一块都没有了，而他们已经一天没吃东西了。他从兜里掏出剩下的两粒糖果，分了一颗给父亲，另外一颗自己吃了。巨大的黑夜又要来临了，父亲和他，就站在那里，犹如两个找不到洞穴的、哀伤的蚂蚁。

那是 1976 年 7 月 28 日的唐山。在这次地震中，他父亲失去了自己的父亲、母亲、哥哥、姐姐。在这趟忧伤旅程中，他和父亲从废墟里抠出了 5 个人，他们的 20 块点心也都给了不认识的人。

32 年后，他又经历了另一场地震。这次，他拉着儿子去献了血，一路上，他老是想起那 20 块点心和 3 颗糖，那一点点安慰，那最小、最轻、也是最好的礼物。

海 啸

书桂

很多年以前，日本有个村庄位于海边。村前是一望无际的大海，时而风平浪静，时而波涛汹涌。村后是一座苍翠的大山，一条弯弯曲曲的小路经过一片稻田直通往山顶。

山坡上住着一户姓吉野的爷孙俩，爷爷已是 70 岁高龄，耳不聋，眼不花，只是前些日下山时摔了一跤，扭伤了脚踝，走路有些不便。孙子太郎只有 9 岁，聪明懂事，由于父母早亡，一直同爷爷相依为命。爷孙俩常常站在坡上，手搭"凉棚"，一边聊天一边眺望山下的美丽景色。山下那数千亩正待收割的稻穗，黄澄澄地在空中散发出一股清香的味道。

这天，空气炎热而平静。爷爷站在家中的门廊边向前看去。90 户人家的村庄随着海湾的曲线延伸开，村民们正打算在寺庙院里跳舞庆祝即将到来的稻米丰收。

望着阴沉闷热的天空，70 岁的老人敏锐地嗅出空气中一丝不对劲的味道。他感觉出房屋轻轻地摇动了几下，然后一切又复归了平静。奇怪的是，他脚下的土地又摇动起来，长时间、缓慢地摇动。接着，他看到了海水突然变黑，从村边悄悄退了下去，沙土和岩石露了出来，海岸狭窄的曲线变得越来越宽了。在这个地震多发的国家，一点点震动已经吓不住人。可是，这次的摇动却好像是由遥远的海底变化引起的。一个不祥的念头倏地在老人脑海中一闪而过，必须立刻警告村民！

但是，已经没有时间下去送信了，他回身点燃一个松木火把，塞到孙子太郎手中，命令他赶快到自家的稻田，点着干燥的稻子！

太郎又吃惊又害怕地睁大眼睛注视着爷爷：这可是他们一年的劳动成果啊！难道爷爷发疯了吗？

爷爷不由分说地推了孙子一把："快去！"

太郎不敢耽搁，他迅速跑去稻田，点燃了稻子。熊熊的大火燃烧着直冲上天空。火势在田地里蔓延着，把金黄色的稻子烧得焦黑，浓烟滚滚。爷爷没有向他解释一句，只是不停地在他身后大喊："烧！继续烧！"太郎一路迅跑着继续放火，直到走到稻田的边缘……然后，他扔掉火把，焦灼地凝视着燃烧的稻子——他们今年的口粮，委屈、伤心的泪水决堤似地冲出眼眶。他一转身，跑回到家里大哭起来。

山下寺庙里的和尚看到熊熊燃烧的大火，立刻敲响了报警的大钟。善良而齐心的村民们聚集起来赶向山上——年轻人跑在前头，年纪大的老人和抱小孩的妇女跑在后面，他们纷纷抄起家里能盛水的家什，桶、盆、锅……连小孩子也提着小水桶往山上跑。

可是，想灭掉大火抢救吉野家的稻田显然来不及了，望着烧得焦黑的稻田，人们悲伤而又疑惑地把目光投向老人的脸。老人一动不动，脸上的表情庄严而肃穆，雕塑一般。太郎啜泣着从房里跑出来说："爷爷是故意让我放火烧稻子的！"

这时，吉野老人抬起手指向大海，让村民们看去。只见一条长而模糊的线变得更宽更暗，朝陆地袭来的海水，峭壁一样高耸着，箭一般地呼啸着冲向前边。

"海啸！"人们尖叫着，随后听到了比雷声更响的声音。可怕的狂涛巨浪冲击着海岸，势如排山倒海，连远处的山峦都颤动起来。海水的飞沫像闪电的火花般突然爆发，人群里不再有一点声音。人们眼睛睁得溜圆，看着疯狂的海水咆哮着猛扑陆地，掀起阵阵巨浪，愤怒地翻腾着，顷刻间便将他们栖身的家园，他们那个祖祖辈辈居住的小村吞没了。

"这就是我为什么让太郎放火烧稻子的原因。"吉野老人平静的脸上满是泪水。

山下的村庄，此刻已没有一点踪迹。村民们纷纷跪倒在爷孙俩的面前。

这次海啸，小村里 90 户人家无一伤亡。

有种慈悲是给人成就感

连谏

　　母亲在乡下操劳惯了，没午睡的习惯，夏天，来我家小住，每每中午，她都会到家附近的小公园里转转，唯恐她在家，我睡不安心。

　　一天中午，母亲刚出门，又折了回来，只是站在门内，下意识地从楼道的窗子往下看了一眼，就见楼下的垃圾箱旁有个10岁左右的小男孩，拿了根小棍子，好像做了什么见不得人的事一样，正张皇失措地东张西望着，在确定周围没人看他后，才放心地去追上一个正在快速滚远的易拉罐，捡起来，满眼欢喜地塞进口袋里，又跑回来继续翻垃圾箱。

　　母亲叹口气说：这是个自尊心很强的孩子，不想让人看见他正在从垃圾箱里捡废品。

　　一下子，我就明白了，母亲折回来，是为了不迎面撞伤男孩子的脆弱自尊。

　　我认识这个孩子，来自四川，他的父亲是采石工，在一次塌方事故中不幸遇难。失去顶梁柱的家，眼瞅着无法维持，他母亲便带着他来到青岛，租住在我家楼下一间不足5平方米的地下室里。他母亲在街边摆了个修鞋摊子，我们经常能看见小男孩在他母亲身边跑来跑去，也看见过他黑而瘦的母亲溜达到街边的弃物箱旁，把路人扔进去的空易拉罐、矿泉水瓶子捡出来，装进随身携带的一只口袋里。有时，见有人扔空矿泉水瓶子，小男孩也学了母亲的样子去捡，总被母亲厉声呵斥住了。一开始，我以为是母亲溺爱他，不舍得他劳动，直到有一次，我去修鞋，见小男孩正抹眼泪，他的母亲一边给我修鞋一边用旁人很难听懂的四川方言训斥他，大约是不许他做捡瓶子这样的事，是很丢人的。小男孩不领情，大声反驳她你捡，你也丢人。

女人深深地看了他一眼，摸摸他的头：妈妈这辈子就这样了，怎么丢人都无所谓了，但是，你还小，将来是要做男子汉的，不能养成把丢人不当回事的习惯。

我在四川呆过一阵，大体能听懂他们的方言，但，我一直装聋作哑地看着母子两个你来我往地用四川方言争执着。那是一位慈母在极力建筑起儿子的自尊。

或许，她没读多少书，但是，她懂得一个人一旦习惯了放低自尊，将要承受多少来自别人的乜斜目光和言语的讥讽，这种来自别人意识里的看低所造成的伤害，可能要比贫穷更要锋利和刻骨。

这些来自狭陋的伤害，或许，她已不止一次地承受过，也不止一次地领教过它们的杀伤力有多厉害，所以，她不要儿子承受。

可是，他懂事的儿子，那么体恤她，依然要在她看不见的时候，偷偷翻垃圾箱。

从那以后，母亲下楼，总会把家里的空酒瓶子空易拉罐什么的顺手拎下去，到了楼下，重重地往垃圾箱里一放。我知道，母亲这么做，是为了提醒男孩，又有人扔他需要的废品宝贝了。

后来，母亲回了乡下，我家再也没卖过类似旧报纸空酒瓶子什么的废旧物品，都是下楼时顺手扔进垃圾箱了，因为母亲说，这些东西能变卖的那几个小钱，在我们来说，实在没意义，但，对于那个孩子和他的母亲，却是生活的一部分。它们的意义，也就大了。我们为什么不这样做呢？

我曾想过把这些东西放在男孩家的门口，这样，他就不必在脏乎乎的垃圾箱里翻来翻去了，却被母亲拦住了，她说那就成了施舍性质的帮衬，当一个人在接受别人帮衬时，他可能会心存感激，但他更会感受到自己的弱小，所以，才被帮衬，这是种让人灰暗的感觉。如果他从垃圾箱里捡来，就不同，因为，他劳动了，这些就变成了他的劳动所得。

当一个人面对劳动所得时，心情是快乐的，劳动所得不仅仅是让他得到了一点儿收入，更重要的是：成就感和通过劳动所得到的尊重。

一份成就感的来源可能很大也可以很小，但是，它给予的精神意义，却是庞大的，那就是我在成长，我的劳动结出了果子。

给女儿的信

【日】德勒宁晃子

时 尚

希望柚莉亚长大后能充分享受时尚，越长越可爱。

讲究时尚的秘诀即事事适度。身穿学校制服却化着浓浓的妆的女孩子经常能看到，那样子很差劲儿。衣服不在多，在质量，有时可以买贵一点的衣服。妈妈认为，鞋比衣服更重要。人们往往从鞋看起，再好的衣服配一双廉价的鞋也会显得逊色。

佩戴各种首饰也很有乐趣。妈妈有一些，柚莉亚你也可以用哦。妈妈喜欢戴耳环，不碍事也很优雅。

在讲时尚之前，首先要注意自己的衣着。自己穿着不整洁而去讲时尚，没有比这更糟糕的了。

人不能以貌取人，在学校老师是这样教育我们的，但妈妈认为好像也不完全正确。对初次见面的人，往往只能从外表来判断。这个人内心是怎样的，只是见见面很难判断，貌似好人的人也不是没有。只有通过更多的语言交流、更多的接触才能探究对方到底如何。

因此，反过来说，柚莉亚应该养成注重外表的习惯。人们初次见面时，往往是根据外表判断对方。

爸爸平时就不太注重服饰。其实稍微注意一点衣着就能避免不愉快。穿上质地良好的整洁的衣服，微笑着和对方交谈。一定不要沉默寡言，说什么话题都可以，比如兴趣爱好、最近有没有购物等。

恋爱

忐忑不安的恋爱也是很快乐的。

在没有弄清对方的感情之前，自己会忐忑不安、亦喜亦忧，会让自己忙忙碌碌。

等柚莉亚再长大一点，会去寻找自己的另一半。一般来说，这会是一段漫长的恋爱旅程。在这个相互接受的过程中，爱情也就孕育而生。爱情要靠双方共同培养。在这个过程中，你会明白要了解并去理解一个人是多么难。

对方是一个活生生的人，把肥皂剧和少女漫画的那套照搬过来是一点不起作用的。妈妈会教你一些诀窍。这听起来可能会让人有些悲怆之感。其实，恋人毕竟是他人，要完完全全去理解自己以外的人，是不可能的。即使很沉稳的人，有时也会做一些连自己都感到不可思议的事情，对吧？

女孩子都憧憬结婚。交往时间长了，结婚的时机就会很重要。双方都有工作又住在一起，那么婚前婚后不会有太大的变化，所以婚期就有可能拖下来。爸爸妈妈就是一个例子。男性结了婚责任会随之增大，对男性来说，婚期能拖就拖。

但是，妈妈对那种"怀了孩子没有办法，那就结婚吧"的做法很不赞同。绝对不要先怀孕后结婚。建立一个新的家庭，增加一个新的家庭成员，还是事前做好精神准备比较好。不要因怀孕而逼对方结婚。"嗨，没办法，你就结婚呗。"那样会很可悲的，奉子成婚对孩子也不公平。

对因渴望而出生的孩子和意外怀孕不得已出生的孩子，父母的心情是不一样的，特别是对父亲来说更是这样。

柚莉亚，记住这一点，千万别未婚先孕噢！

关于 sex

妈妈想强调一点，sex 不是一件坏事儿。

但有的男性在和女孩子交往时就跟玩游戏一样，玩够了就抛弃。被抛弃是很悲哀的，心灵会受到伤害。千万不要上当。如果碰到这种事，权当是交了学费，不要再上当。

至于什么时期可以有第一次，是个很恼人的问题，一般来说，女孩的身体十七八岁就成熟了。但是妈妈认为女孩子还是应该自重。直到遇到真正喜欢自己的人，在此之前没有必要着急。

记住一点，自己的身体最终得由自己保护。柚莉亚一定要保重自己。坠入爱河的女孩总想为对方付出全部，有时会很难控制自己的感情。妈妈在这方面就吃了不少苦头。不要一时冲动就以身相许，最好在冷静时做判断，这样一般不会有错。

（德勒宁晃子：1972年生于日本佐贺县唐津市，大学就读于福冈市西南学院，毕业后在福冈工作。她在欧洲旅游期间和俄罗斯人尼德勒宁相恋相爱，两人于2002年4月1日结婚。2005年秋，在妊娠过程中她被发现患有脊髓恶性肿瘤。在保留孩子还是优先治疗的艰难抉择中，德勒宁晃子选择了保留孩子。次年2月6日，她的宝贝女儿柚莉亚出生。2008年2月25日，德勒宁晃子去世，享年36岁。德勒宁晃子在生命的最后时刻给女儿写下了生活寄语，字里行间充满着对女儿的浓浓爱意。）

你能送给孩子哪句话

白国宏

一个身材矮小的女孩，喜欢上了乒乓球，所有的人都不看好她，但她的父亲坚持对她说："你很优秀，真的。"这个女孩就是乒乓球国手邓亚萍。

一个有口吃毛病的孩子自卑极了，而他的母亲对他说："孩子，这是因为你的嘴巴无法跟上你聪明的脑袋。"这个孩子长大后是美国通用电气公司前首席执行官杰克·韦尔奇。

一个女青年考了两次研究生都落榜了，而此时她已经 28 岁了。在她痛苦的时候，妈妈告诉她："改变自己，什么时候都不晚。"这个女青年就是 29 岁考上北京广播学院研究生的敬一丹。

当一位父亲无奈地把全社区最坏的男孩介绍给孩子的继母时，这位继母却说："你错了，他不是全社区最坏的男孩，而是最聪明，但还没有找到发泄热忱地方的男孩。"这个孩子就是日后创造了成功的"28 项黄金法则"、帮助千千万万的普通人走上成功和致富大道的卡耐基。

一个 10 岁的女孩因为是黑人，旅游时被挡在了白宫门口。父亲对孩子说："要想改善咱们黑人的状况，最好的办法就是取得非凡的成就。如果你拿出双倍的劲头往前冲，或许能获得白人一半的地位；如果你愿意付出 4 倍的辛劳，就可以跟白人并驾齐驱；如果你能够付出 8 倍的辛劳，就一定能赶到白人的前头！"这个女孩就是美国历史上第一位黑人女国务卿赖斯。

一个男孩 15 岁时告诉母亲，自己将来一定要竞选美国总统。母亲这样回答他："孩子，我相信你能行。妈妈也曾经有这样的梦想，只是当我觉得做一个让病人喜欢的护士更合适时，就放弃了。现在对你来说，也许正是实现这个梦想的最好时机。"这个孩子就是日后成为美国总统的比尔·克林顿。

孩子说："我要跳到月亮上去呢。"妈妈微笑地说："好呀，但是，可别忘记回来哦！"这个孩子就是第一位登上月球的地球人阿姆斯特朗。

亲友不安地问一位母亲："您的孩子为什么总是一个人发呆？是不是神经有毛病啊？还不趁早带他去医院检查检查？"母亲坚定地说："我的孩子没有任何毛病。你们不了解，他不是发呆，而是在沉思，他将来一定是位了不起的大学教授。"这个男孩就是爱因斯坦——20 世纪最伟大的科学家之一。

学步的孩子跌倒了，哭着向自己的父亲求救。"一步两步三步，好！跌倒了别哭，自己爬起来再走，好！一二一，一二一……"父亲就这样看热闹似地看着跌倒又爬起来的孩子。这个孩子长大后就是孙中山先生的妻子宋庆龄女士。

当我们感叹自己的孩子不听话不懂事不爱学习的时候，是否反思过：一直以来，我们送给了自己的孩子哪句有价值的话呢？

（链接）：**长辈的一句话改变他们的人生命运**

祖父的教育

精彩句子

"森林中的树相互遮蔽，缺少风吹雨打，容易折断。田中的橡树没有什么可依赖，需要百般挣扎才能和大自然对抗，没有茁壮的身躯就难以存活。用它们做车轮，才能承受沉重的负荷。"

激励故事

拿破仑·希尔，美国——也是世界上最伟大的励志成功大师，他创建的成功哲学和17项成功原则，以及他永远如火如荼的热情，鼓舞了千百万人，因此他被称为"百万富翁的创造者"。后来，人们为了纪念成功学的先驱者，把卡耐基推为成功学的第一代宗师，希尔为第二代宗师，是他把成功学创建成完整体系，并发扬光大的。

希尔自身的成功是因为受到了他祖父的引导。希尔的祖父是美国北卡罗莱纳州的马车制造师。老人在清理耕种的土地时，总会在田野的中央留下几株橡树，并用这些橡树制造马车的车轮。

年幼的希尔对祖父的举动困惑不已，问："森林中那么多树可以砍伐，为什么偏偏用田野中的橡树做车轮呢?"

祖父和蔼地笑了笑说："森林中的树相互遮蔽，缺少风吹雨打，容易折断。田中的橡树没有什么可依赖，需要百般挣扎才能和大自然对抗，没有苗壮的身躯就难以存活。用它们做车轮，才能承受沉重的负荷。"希尔将祖父的话深深地记在了脑海。

20 岁时，希尔拜访了卡耐基，卡耐基问他愿不愿意研究成功者如何成功，并帮助人们获得成功，他回答说愿意，并在卡耐基的引见下拜访了几百位当时最成功的人士。经过 20 年的研究，总结了 17 条成功定律，创立了希尔成功学。他也成了世界闻名的成功学大师。

用比自己更优秀的人

精彩句子

"你去挖水沟好啦，牧场需要一条灌溉渠道。"

激励故事

1735 年出生于美国的约翰·亚当斯是美国第一任副总统，

第二任总统。

他在 1797 年接替华盛顿就任总统时，美国正面临着与法国关系破裂的危险。到了这一年底，两国处于剑拔弩张、一触即发的交战前夕。

常识告诉亚当斯，要打胜仗，必须要有得力的统帅。有很多人劝他亲自统帅军队，但他认为自己并不具有军事上的特别才能。思来想去，他认为第一任总统华盛顿才是唯一能够唤起美国军魂、团结全美人民的统帅。

亚当斯身边的人得知后，一致表示反对。他们认为，如果华盛顿复出，会再次唤起人民对他的崇敬和留恋，这样势必对亚当斯的威望和地位造成威胁。

然而，亚当斯毫不动摇，认为国家的利益和命运高于一切。他亲自写信给华盛顿，请他出任大陆军总司令。

事后，有位著名的记者采访他，问及这件事情时，亚当斯讲述了自己少年时的一件小事

年幼的时候，父亲要我学拉丁文。那玩意儿真无聊，我恨得牙痒痒。因此，我对父亲说："我不喜欢拉丁文，能不能换个事情做？"

"好啊！约翰，你去挖水沟好啦，牧场需要一条灌溉渠道。"父亲说。

于是，亚当斯真的到牧场去挖水沟。可是，拿惯笔的人，拿不惯锹。那天晚上，他就后悔了，整个身子疲惫不堪。他只好承认："疲惫压倒了我的傲气。"他终于回到了学拉丁文的课

堂上。

在以后的岁月里，亚当斯一直记着从挖水沟这件事中得到的教训：必须承认人有所长，也有所短；人有所能，也有所不能。认为自己样样都行，实际上恰恰是自己的不自量力。

生命的养料

精彩句子

"从你栽种的树来看，你长大后一定能成为一个出色的植物学家。"

激励故事

曾经有一个小男孩几乎认为自己是世界上最不幸的孩子，因为他患脊髓灰质炎而留下了瘸腿，还有参差不齐的牙齿。因为自卑，他很少与同学们游戏和玩耍，老师叫他回答问题时，他也总是低着头一言不发。

在一个平常的春天，小男孩的父亲从邻居家讨了些树苗，他想把它们栽在房前。他叫他的孩子们每人栽一棵。父亲还鼓励孩子们说："谁栽的树苗长得最好，就给谁买一件最喜欢的礼物。"

小男孩也想得到父亲的礼物。但看到兄妹们那蹦蹦跳跳提水浇树的身影，不知怎么地，萌生出一种阴冷的想法：希望自己栽的那棵树早日死去。因此浇过一两次水后，再也没去打理它。

过了一段时间，小男孩偶然去看他种的那棵树时，惊奇地发现它不仅没有枯萎，而且还长出了几片新叶子。与旁边兄妹们种的树相比，显得更嫩绿，更有生气。

小男孩高兴地叫来父亲看。父亲兑现了他的诺言，为小男孩买了一件他最喜爱的礼物，并对他说："从你栽种的树来看，你长大后一定能成为一个出色的植物学家。"从那以后，小男孩慢慢地变得乐观向上起来。

一天晚上，小男孩躺在床上睡不着，看着窗外那明亮皎洁的月光，忽然想起生物老师曾说过的话：植物一般都在晚上生长。何不去看看自己种的那棵小树？当他轻手轻脚来到院子里时，却看见父亲用勺子在向自己栽种的那棵树下泼洒着什么。顿时，一切他都明白了，原来父亲一直在偷偷地为自己栽种的那棵小树施肥！他返回房间，任凭泪水肆意地奔流……

几十年过去了，那瘸腿的小男孩尽管没有成为一个植物学家，但他却成为了美国总统，他的名字叫富兰克林·斯福。

呵护梦想

精彩句子

"好啊！不过一定要记得回来呀！"

"啊，那是莎莉！"

激励故事

许多年前的一个晚上，在美国有一家人吃过饭后，年轻的母亲正在厨房洗碗，她才几岁的儿子独自在撒满月光的后院玩耍。年轻的母亲不断听到儿子蹦蹦跳跳的声音，感到很奇怪，便大声问他在干什么。天真无邪的儿子大声回答："妈妈，我想蹦到月球上去！"这位母亲并没有像其他的父母一样责怪孩子不去学习，只知道瞎想！而是说："好啊！不过一定要记得回来呀！"

神奇的事还是发生了，在1969年，这个孩子真的"蹦"到月球上去了。他就是人类历史上第一个登上月球的人——美国宇航员尼尔·阿姆斯特朗。

还有一个同样有意思的故事：有一天，一个小男孩在家里照顾他的妹妹莎莉，他无意中发现了几瓶彩色的墨水。小男孩忍不住打开瓶子，模仿着妹妹的肖像开始在地板上撒。当然，不可避免地，他把室内各处都撒上了墨水污迹，家里变得脏乱不堪。

当他母亲回来时，被眼前的情景惊呆了，但她也同时看到地板上的那张画像——准确地说那是一片乱七八糟的墨迹。但她对色彩凌乱的墨水污渍视而不见，却惊喜地说道："啊，那是莎莉！"然后她弯下腰来亲吻了她的儿子。

这个男孩名叫本明杰?威斯特，后来成为了一位著名的画家，他常常骄傲地对人说："是母亲的亲吻使我成了画家。"

让生命化蛹为蝶

精彩句子

"在妈妈心中，你就是一只美丽的蝴蝶。"

激励故事

加拿大有一个小孩，相貌丑陋，说话口吃，而且因为疾病导致左脸局部麻痹，说话时嘴巴总是歪向一边，他还有一只耳朵失聪。

他为了矫正自己的口吃，模仿古代一位有名的演说家，嘴里含着小石头子讲话。看着嘴巴和舌头被石子磨烂的儿子，母亲心疼地抱着他流着眼泪说："不要练了，妈妈一辈子陪着你。"懂事的他替妈妈擦着眼泪说："妈妈，书上说，每一只漂亮的蝴蝶，都是自己冲破束缚他的茧之后才变成的。我要做一只美丽的蝴蝶。"

妈妈对他说："在妈妈心中，你就是一只美丽的蝴蝶。"后来，通过锻炼，他终于能流利地讲话了。因为他的勤奋和善良，他中学毕业时，不仅取得了优异的成绩，还获得了良好的人缘。在1993年10月的时候，他参加了全国总理大选。

他的对手为了击败他，居心叵测地利用电视广告夸张他的脸部缺陷，然后写上这样的广告词："你要这样的人来当你的总理吗?"但是，这种极不道德、带有人格侮辱的攻击招致大部分选民的愤怒谴责。

他的成长经历被人们知道后，赢得了选民极大的同情和尊敬。他说的"我要带领国家和人民成为一只美丽的蝴蝶"的竞选口号，使他以高票当选总理，并在1997年再次获胜，连任总理，人们亲切地称他是"蝴蝶总理"。

他就是加拿大第一个连任两届的总理让·雷蒂安。

陪你一起找罗马

廖玉蕙

那年，你 18 岁，提起简便的行李，毅然投奔住在洛杉矶的表姐，我的心情简直忐忑到极点。你和表姐不过一面之缘，竟然敢迢迢奔赴，我和你爸爸为你的勇气感到惊异。然而，也确实没法子了！联考失利，前途茫茫，你说希望我们给你一个机会到外头去闯闯看，我心里虽然害怕，但众里寻她千百度，却也找不出另一条路让你走。

从那以后，你用着贫乏的语汇和可笑的英文文法在异邦求学。从表姐家到 Homestay，从语言学校到社区大学，一年三季，每季开学，电话铃响，最怕听到的就是："我把'海洋学'Drop 掉了！…'我又把'政治学'Drop 掉了！"我当然知道用中文念理化都不及格的你，用英文念海洋学是如何地困难。

两年多后的一个中午，例行的问候过后，你忽然在电话那头怯怯地试探：

"我实在读不下去了，我可以回家吗？"

虽然也觉得放弃可惜，也想鼓励你坚持下去，却听出你声

193

音里的颤抖与不安，立刻回说：

"当然可以！明天就回来吧。"

我感觉到你的心情似乎一下子得到释放，且笑且哭地回说：

"哪有那么快！至少得等这期念完吧！……妈！你真的不介意吗？这样会不会没面子？"

面子？谁的面子？我的？那大可不必顾虑，妈妈的面子不挂在女儿的身上。

"我不是读书的料，我非常感谢爸妈花了这么多钱让我出来，回去后，我会立刻找个工作，您不用担心。"你语带哽咽地说。

我们从来不认为读书是唯一的路，找一份工作赚钱也不是坏事，但是，怕太热心附和，会造成你的心理负担，我没有在这件事上搭腔。一个月后，你拖着增添好几倍的行李回到台北。夜晚十一点才放下大包小包行李，你急急上网寻找机会；十二点，你告诉我们明天将去应征工作；次日，由你爸爸陪同去面谈，你得到了平生第一份工作——秘书，真的履践了"立刻"找工作的诺言。任职的公司从事的是移民中介，你到美国学得的英文尚未派上用场，先就瘫在邮寄大批资料。在职的两星期间，正值盛夏，你常常汗流浃背，小跑步回家寻求父亲的援助。体弱易喘的你，红彤彤着一张脸，请爸爸用摩托车载运，一人工作，两人投入，两个星期下来，人仰马翻，加上英文仍是困难重重，你才知道进入社会并非易事。于是，历尽辛苦，终于还是决定重返校园。

进入外文系就读，是你人生的另一个转折点。仰仗着这些年在海外培养出的勇于讨论的习惯，你大胆地发言，勇敢地表达，参加话剧公演、英语演讲，意外得到许多的奖励，一个自小学开始便惨淡得无以复加的求学生涯，好似开始逢凶化吉，呈现了崭新的希望。大二结束那年夏天，你从学校飞奔而至，兴奋地用颤抖的声音告诉我们：

"你们一定不相信，我今年学业成绩是全班的第二名，可以拿八千块的奖学金。妈！我不行了！我高兴得快疯掉了！"

当时，我坐在客厅的沙发上，望着盘腿坐在另一边的爸爸，两个人的眼眶，霎时都红了起来。我可怜的女儿，从国小起，就在课业上不停地受挫，小学时，成绩永远跨不过四十五名的关卡，在我们愁眉不展时，还振振有词地辩称："我至少还赢过两位同学哪！"

这样的你，一直视读书为畏途，永远寻不到学习的快乐，我们总是陪着你伤心，安慰你："下回我们努力向四十四名迈进！"中学的毕业典礼上，疼爱你的几位老师深知你的课业成绩不理想，不约而同安慰我："这可爱的孩子，不用担心！条条大路通罗马啦。"当年我苦笑以对，心中惶惶然，不知属于你的罗马在哪里。

前尘往事像倒卷的影片，一幕幕在脑中飞过，闪闪烁烁：

小二时，你被诊断出罹患严重的弱视，一纸诊断证书，解开了你既不爱看书也不爱看电视的谜团。于是，我们每星期定期迢迢从中坜开车北上，到台北长庚做弱视画图治疗，足足半年，终于将"戴上最深的眼镜都看不到0.5的视力"提升到1.0；接着，发现你手眼不协调，对儿童来说易如反掌的跳绳动作，你在爸爸锲而不舍的教导、陪伴下，足足练习了几十天才成功。骑三轮脚踏车也老往同一个方向偏去，有好长一段时间，你那位苦心孤诣的爸爸，咬紧牙关，在中正纪念堂里扶着你和两轮脚踏车，跌倒了又爬起，练习了又练习，那样的身影，任谁看了都会鼻酸不已。而你终于学会骑脚踏车的那日，父亲老泪纵横，仰天笑说："谁敢说我的女儿不行！"撩起裤管，才发现爸爸双腿内侧挫伤得血迹斑斑。

医生说你的感觉统合能力不佳，必须加强运动，以促进前庭的发展。母女俩乖乖地日日早起，利用东门国小的运动器材，勤练从滑梯高处趴卧滑板冲下的运动，直到精疲力竭，汗如雨下。我蹲下身子，对着十岁不到的你说："人一能之己百之，人十能之己千之。"乖巧的你，不知听懂了没有，却总是听话地一次又一次地重复练习，从不讨饶放弃。接踵而来的是气喘的折磨，小小的感冒往往能让你晕得天旋地转、喘得求生不能……病魔来袭时，最心痛听到你形容病情并安慰我：

"屋子怎么老向一边倾斜过去？妈妈的脸一圈又一圈地往远处跑去。……不过，妈妈不用担心，赶快去睡吧！我保证很快会好起来的。"

这样孱弱多病的孩子，做父母的怎忍心在课业上再做求全！我们最大的希望，就是无病无灾、平安快乐。所以，虽然偶尔也会为将来可能无法在职场上和别人一争短长而担心，但想到你一向的贴心乖巧，总又安慰自己："老天岂会绝人之路!"

仔细回想，负笈海外的两年多，看似铩羽而归、前功尽弃，其实不然。除了仰仗着长期在英语世界的濡染，你考上了外文系外，在海外凡事自己来的独立精神的培养，使你开始思考将来要过怎样的人生。你有计划地在暑期参加各项进修，陆续学会骑摩托车、开车，受训拿到英语教学种子老师的执照、学会录影带的剪接技巧，加上在高职学习到的资讯处理，你迥异昔日傻呵呵的女儿，已经具备了不错的应世能力。前些天，你在和导师的聚会里，跟老师讨教大学毕业后的继续深造问题，你说："我想跟妈妈一样，在大学里教书。"

虽然事情并不容易，我却为你的志气感到骄傲。说实话，我们简直不敢相信，眼前的女子就是当年在学校时永远冲不破全班倒数第三名难关的孩子！

你回国后两年，我们全家人有机会到美国重游旧地。艳阳天，你神情亢奋，在租来的车子里，指着窗外，一一介绍你当时的生活，我才知道你经历的是怎样的寂寞！

"那是我常去的百货公司，星期日，不知道要做什么，一个人只好去逛逛。你看到的我带回去的许多廉价打折货，就是在那里买的。"

我的眼眶蓦地红了起来！回想你携回台湾的行李数倍于当年带出国，整理时，我讶异地发现许多东西竟成打地出现。眉

笔、壁灯、发箍、小刷子、眼影……我边整理，边感叹你不知
民生疾苦。你嗫嚅地回答说："成打地买，较划算，我逛街时
遇到大折扣，不买可惜，都是便宜货。"

一样一样的小东西，是在见证着你浪游无根的寂寥，而我
不察，竟不时兴奋地向你报告假日时如何和爸爸的画友们出外
旅游。"那是我常去的公园，常常有老人在那儿晒太阳，星期
日无聊，我有时候就到那儿和他们一起晒太阳。"

天很蓝，太阳在树梢上闪着耀眼的光，听着，听着，我的
泪静静顺着双颊流下。不善人际的女儿，在语言熟练的家乡就
曾经饱尝交友的困难，更何况在人生地不熟的异邦。念书之外
的漫漫时光，她和佝偻的老人一起在公园里晒太阳、想家乡。

你坚持带我们去你当年常去打牙祭的一家日本拉面店，你
指着靠窗的位置告诉我：

"这是我常坐的位置。拉面还附送炒饭或煎饺，想家的时
候，我就来这儿叫一碗拉面，靠着附送的蛋炒饭平息想念妈妈
的心，这儿的 Waiters 都对我很好哪。"

我一口面也咽不下，摩挲着你坐过的桌椅，向店里中气十
足地喊着"欢迎光临"的年轻侍者们深深一鞠躬，感谢他们在
异地为你提供让人安心的温暖。那回，从美国回来后，我才被
我当年的孟浪、大胆所惊吓。斗胆将一个不谙世事的弱质女儿
送到千里之外的地方，幸而无灾无难地回返，若是其间你发生
了任何的意外，我将要如何的引咎、自责且悲痛万分！幸而平
安地回来了，真好！虽说暂时的离巢，成就了一位独立自主的

女儿，但是，从我们一起重游旧地归来的那日起，我忽然开始罹患强烈的相思病，你已然回到身边，却才是思念的开始。你一定觉得奇怪，妈妈忽然变得格外缠绵，珍惜和你在一起的每一分钟。

今后，不管晴天或下雨，要找属于你的罗马，爸妈陪你一块儿去。

第三辑：理解的幸福

"你让我觉得自己很重要"

艺茗

汤普森太太是一位小学老师。在她来到新学校的第一天，像大多数老师一样，对学生们说，她会一视同仁地爱班上的每一个学生。但这是不可能的，因为这个班上有一个叫泰迪的学生。

汤普森太太注意到，泰迪的表现不好，他不合群，衣服很脏，总是不洗澡。同时，泰迪总是郁郁寡欢。

学校规定，现任老师要阅读以前的老师对每一个学生的评语。当读到泰迪的记录时，她吃了一惊。

泰迪一年级老师的评语是："泰迪是一个开朗、聪明的孩子，作业整洁，仪表良好，善于与人相处。"他的二年级老师的评语是："泰迪是一个优秀的学生，深得同学喜爱，但他并不快乐，因为他的母亲患了重病。"他的三年级老师的评语是："他母亲的病逝对他的打击很大。他很努力，但他的父亲对他毫不关心。"他的四年级老师的评语是："泰迪丧失了学习兴趣。他不合群，有时在课堂上打瞌睡。"

现在，汤普森太太明白问题所在了，她为自己感到羞愧。当她收到学生们的圣诞礼物时，她更加感到羞愧。在一堆包装精美的礼物当中，只有泰迪的礼物是用杂货店的纸袋包装的。

汤普森太太打开泰迪的礼物时发现，里面是一只掉了几颗水晶的手镯和一瓶只剩四分之一的香水。一些学生发出嘲笑声，但她却赞叹手镯很漂亮，然后把手镯戴在手上，并在手腕上洒了一些香水，同学们的笑声停止了。

那天放学后泰迪留了下来，他对老师说："汤普森太太，今天你闻起来就像我妈妈。"在孩子们都离开后，汤普森太太独自哭了一个小时。从那天起，汤普森太太开始关心泰迪。在她的辅导和鼓励下，泰迪进步很快。一个学期结束时，泰迪已成为班上最优秀的学生之一。新学期开学时，泰迪随父亲搬家转学了。

一年后，汤普森太太收到泰迪写来的信，信中说她是他遇到的最好的老师。

6年过去了，她又收到泰迪的信。信上说，他已高中毕业，是班上的第三名，而且，她仍然是他所遇到的最好的老师。

又过了4年，她又收到泰迪的信。信上说，尽管他遇到许多麻烦，但他依然在上学，并且成绩优异，很快就要大学毕业了。他向她保证，她仍然是他所遇到的他最喜欢的、最好的老师。

又是4年过去了，她又收到泰迪的来信。这次他在信里说，他获得了博士学位，他决定继续深造。他还说，她依然是他所遇到的他最喜欢的、最好的老师。

但故事并没有就此结束。那年春天他又寄来了一封信。泰迪说，几年前他父亲去世了，他现在正在准备结婚。他问汤普森太太是否愿意参加他的婚礼，并坐在通常为新郎的母亲准备的座位上。

当然，汤普森太太去参加了婚礼。那天，她戴上了那只掉了几颗水晶的手镯，她洒的香水正是泰迪母亲所用的那种香水。他们互相拥抱。泰迪在汤普森太太耳边低声说："谢谢你，汤普森太太，谢谢你信任我，非常感谢你让我觉得自己很重要。"

汤普森太太热泪盈眶，她轻声告诉泰迪："泰迪，你错了，应该是我谢谢你，是你使我感觉自己很重要。"

师 恩

【韩】金亨珉　陈龙江/编译

　　由于职业的关系，我经常接触一些命运坎坷的人。一次，我采访一位老奶奶，她不幸的人生经历让人同情。但她对我说："尽管我一生困苦，但感觉还是非常幸福的，因为我曾遇到一位恩师。"

　　在她很小的时候，母亲因家暴而离家出走，父亲带她南下到济州岛打工。年少的她一边读中学，一边在父亲朋友的餐馆打杂。她的生活很艰难：鞋子露出脚趾；因为居住的地方洗浴不方便，她的衣服总散发着难闻的腥臭味。不过，她学习一直很努力。有一位老师非常欣赏她的上进心，经常给她鼓励。有一天，老师叫住她，让她到街上的几家商铺跑腿送点东西。于是发生了让她终生难忘的事情。

　　她去的第一家商铺是鞋店，把老师要送的东西交给了店老板，店老板看到她很吃惊："哎！原来你就是那个孩子！"然后不由分说抱来一捆鞋子："来，挑一双合脚的——你的老师已经付了钱。"于是她懵懵懂懂穿上了一双新鞋。

第二家商铺是内衣店，当她说出老师的名字时，店老板拍手笑道："原来是你啊！你的老师本想帮你买回去，后来又觉得你都是这么大的女孩子了，不方便直接给你买，就把钱留了下来。快进来挑选自己喜欢的内衣吧。"

第三家是服装铺，在那儿老师早已为她留下了一件外套的钱。说到这儿，老奶奶满面红光，宛如回到了少女时代，"我一身新衣，蹦蹦跳跳地回到餐馆，觉得自己一下子变成了穿着玻璃鞋的灰姑娘。那时我才知道，眼泪并非只在悲伤时才会流，在喜悦的时候也会流。"

中学毕业后，她选择了釜山一家企业的附属学校继续她的学业，老师却很反对，说那个学校的学生很多都中途辍学了，怕她完不成学业。她想继续上学，家庭条件又不允许她选择别的学校。最后，老师做了让步："我支持你，但你要答应我，毕业时一定要拿到毕业证。"在那所学校，她认真读书，废寝忘食。有一次，老师突然出现在她的面前，"我去首尔开会，顺便来釜山看看你。"从首尔到釜山很远，老师肯定是专门来看望她的。老师看她一切都好，便急急搭乘最后一班飞机走了。老师的背影在她眼前渐渐消失，然而，在她心中，老师的背影却那么高大——就像一座山，一座巍峨厚实的山。

拿到毕业证之后，她回到济州岛。第一件事就是亲手把毕业证送到老师的面前，老师一把抱住她，流着泪水呜咽道："谢谢你，你终于长大了，我知道你会有出息的。"她也不停地哭，她想说"这一切都是托老师您的福"，可话到嘴边，最终还是化成了阵阵的呜咽声。晚上，师母做了一顿丰盛的晚餐庆贺她的毕业。这是人生中第一次有人为她这样准备晚餐，也是她吃过的最好的晚餐。

老奶奶从往事的回忆中回到现实，眼中噙满泪水。她说："过去艰难的岁月，让我学会了微笑面对一切困境。那位老师的关怀，成了我一生最温暖的回忆。想想看，一个大老爷们儿，一家家鞋店、内衣店、服装店地跑来跑去，不停地嘱咐店老板如何让我挑选出称心如意的鞋和衣服，还要照顾我的自尊，真够难为他的。人都会有艰难，但有过温暖，就是最幸福的。"

手绢传奇

刘心武

"你现在怎么还在用手帕？"这是我常遇到的善意询问。我总是回答："打小随身带手绢，习惯啦！"

半个多世纪以前，上小学，老师每天要检查学生带没带三样东西：一样是手绢，一样是茶缸子，一样是口罩。手绢，这是当时我们习惯的叫法，不叫手帕。那时有"唱游课"，"丢手绢"和"老鹰捉小鸡"是进行次数最多的"唱游"。记忆里形象最鲜明的，一位是"小脸老师"，一位是同桌的"方子"。

"小脸老师"，自然是因为同学们觉得她脸小，给她取的绰号，她听见我们背后低声那么窃叫，并不生气，有时甚至还会闻声回头，微微一笑。

手绢和口罩，那时候真正用它们的时候，并不多。到教室外走廊里的开水桶接水喝，一天总得好几次。我妈给我买了一只很漂亮的搪瓷把缸，还给缝了个蓝布套子，我用起来很得意。但是"方子"——北京发音是"方扎"，他姓方，个头跟我差不多——头一次让老师检查时，拿出的却是一只吃饭的粗瓷碗，我带头笑，惹得全班哄堂，可是"小脸老师"却没笑，她和蔼地跟"方子"说："很好。洗干净用。也该配个布套儿。"其实更惹笑的应该是"方子"的那方手绢，可惜大家看不见，我是看真切了的，那根本就不是买来的正经手绢，而是不知从哪件旧衣服上裁下来的一块灰布。不过"方子"的口罩让人无法挑剔，比我们任何一个同学买来的都大都好，后来知道，"方子"他爸是水泥厂的工人，那口罩叫做"劳动保护用品"。

我和"方子"都极愿意听老师的话讲卫生，我们真的不随地吐痰、擤鼻涕，放学排队离校时乖乖戴上口罩，偶尔因为玩弹球、拍"洋画儿"口渴难忍，就近在自来水龙头对嘴儿喝了凉水，被多事的女生告状，我们就在"小脸老师"跟前认真地检讨。现在回忆起来，有点奇怪，"小脸老师"怎么从来没有批评我们男生玩弹球、拍"洋画儿"不卫生呢？她自己有时还跟女生一起玩"拽包"、抓（发音是 chua）羊拐呢，她只是强调玩完了洗手而已。

有一次，"小脸老师"出作文题《我的妈妈》，大家都埋头在写，"方子"却只是发愣，"小脸老师"就走到他身边，弯下腰，跟他说悄悄话，但是我听见了，当时非常惊讶，因为"小脸老师"说的是："对不起……我考虑不周到……你不用写这个题目，你自由命题吧。"

忽然"小脸老师"不给我们上课了，来了个代课的男老师，他的脸未必大，却被我们叫做"大脸老师"。他一来就给"方子"一个"下马威"，说"方子"的茶缸不合格，还拎起

"方子"的手绢让全班看："这是手绢吗？这是擦脚布！"他和我们没想到"方子"的反抗是那么强烈，"方子"当即跳起来，抢回那块"小脸老师"从没奚落过，甚至还表扬过他洗得干净的手绢，大声骂出了一句最难听的话。

"方子"要被记大过。"小脸老师"出现了，她的脸小，面子却很大，不知道她怎么跟校长说的，反正"方子"免予处分，换了另一位女老师来代课。

后来我转学，小学毕业后上中学……形成自己的人生轨迹。那所小学所在的区域早已改造成一片公共建筑。我至今没有跟"小脸老师"、"方子"邂逅过。但是，近十几年，倒从当年老邻居、老同学那里，听到一些无法确证的传说。"文革"时"小脸老师"受丈夫牵连，也给当"牛鬼蛇神"揪了出来，但是"方子"装做"红卫兵"，把她救出藏匿起来，一直到"四人帮"倒台。"小脸老师"后来从小学校长的岗位上退休。"方子""顶替"父亲进水泥厂当工人，一直到水泥厂迁往远郊后才退休，现在跟儿子儿媳妇开发一家"方手绢小吃店"，不但供应的品种多味道好，而且以卫生状况特别好著名。据说，在当年所有的同班同学里，别人早都使用上了各种揩面纸餐巾纸消毒湿手巾，只有两个"老顽固"还一直使用着手绢，一个是"方子"，一个就是我。

手绢现在不大好买了。最新消息，是"方子"已经在一家大商场里，开了一家"方手绢"专卖店。真该抽工夫去那里逛逛，我会喜出望外地遇到"小脸老师"和"方子"吗？

理解的幸福

叶广岑

我 7 岁那年，父亲死了。

母亲是个没有主意的家庭妇女。她不识字，她最大的活动范围就是从娘家到婆家，从婆家到娘家。临此大事，她只知道哭。当时母亲身边 4 个孩子，最大的 15 岁，最小的 3 岁。

我怕母亲一时想不开，走绝路，就时刻跟着她，为此甚至夜里不敢熟睡，半夜母亲只要稍有动静，我便哗地一下坐起来。这些，我从没对母亲说起过，母亲至死也不知道，她那些无数凄凉的不眠之夜，有多少是她的女儿暗中和她一起度过的。

人的长大是突然间的事。

经此变故，我稚嫩的肩开始分担家庭的忧愁。

就在这一年，我带着一身重孝走进了一间胡同小学。

我的班主任马玉琴是回民，是一个梳着短发的美丽女人。在课堂上，她常常给我们讲她的家，讲她的孩子大光、二光，这使她和我们一下拉得很近。

在学校，我整天也不讲一句话。我的忧郁、孤独、敏感很快引起了马老师的注意。有一天课间操以后，她向我走来。

马老师靠在我的旁边低声问我："你在给谁戴孝？"

我说："父亲。"

马老师什么也没说，她把我搂进她的怀里。

我感觉到了由她身上散发出来的温热和好闻的气息。我想掉眼泪，但是我不想让别人看见我的泪，我就强忍着，喉咙像堵了一块大棉花，只是抽搐，发哽。

为了生活，母亲不得不进了一家街道小厂糊纸盒，每月可以挣 18 块钱，这就为我增添了一个任务，即每天下午放学后将 3 岁的妹妹从幼儿园接回家。有一天临到我值日，扫完教室天已经很晚了，我匆匆赶到幼儿园，小班教室里已经没人了，我以为是母亲将她接走了，就心安理得地回家了。到家一看，门锁着，母亲加班，我才感觉到了不妙，赶紧转身朝幼儿园跑。从我们家到幼儿园足有汽车 4 站的路程，直跑得我两眼发黑。进了小班的门，我才看见坐在门背后的妹妹。看到孤单的小妹妹一个人害怕地缩在墙角，我为自己的粗心感到内疚。我说："你为什么不使劲哭哇？"妹妹噙着眼泪说："你会来接我的。"

那天我蹲下来，让妹妹爬到我的背上，我要背着她回家，我发誓不让她走一步路，以补偿我的过失。我背着她走过一条又一条胡同，妹妹几次要下来我都不允。在我的背上妹妹为我唱她那天新学的儿歌……

路灯亮了，天上有寒星在闪烁，胡同里没有一个人，有葱

213

花炝锅的香味飘出。我背着妹妹一步一步地走，我们的影子映在路上，一会儿变长，一会儿变短。两行清冷的泪顺着我的脸颊流下，淌进嘴里，那味道又苦又涩。

以后，到我值日的日子，我都感到紧张和恐惧，生怕把妹妹一个人又留在那空旷的教室。每每还没到下午下课，我就把笤帚抢在手里，拢在脚底下，以便一下课就能及时进入清理工作。有好几次，老师刚说完"下课"，班长的"起立"还没有出口，我的笤帚就已经挥动起来。

这天，做完值日马老师留下了我，问我为什么要这么匆忙。当时我急得直发抖，要哭了，只会说："晚了，晚了。"老师问什么晚了，我说："接我妹妹晚了。"马老师说："是这么回事呀，别着急，我用自行车把你带过去。"

那天，我是坐在马老师的车后座上去幼儿园的。

马老师免去了我放学后的值日，改为负责课间教室的地面清洁。

恩若救急，一芥千金。

我真想对老师从心底说一声谢谢。

这是平平淡淡的生活，是太一般的小事，但于我却是一种心的感动，是一曲纯洁的生命乐章，是一片珍贵的温馨。忘不了，怎么能忘呢？

如今，我也到了老师当年的年龄，多少童年的往事都已淡化得如烟如缕，唯有零星碎片在记忆中闪光，在我人生之路上给予我理解和爱的老师，我祝福您！

从一本书开始

魏东侠

那一年我 9 岁，早已学会了砍草、挑水、做饭、放羊的 9 岁，却还从来没穿过一件新衣服，没买过一根花头绳，没吃过一顿大米饭，也没见过一本课外书。

我们村有一个不大的集市。忽然有一天，邻村的张老头儿变成了书贩子。这么说他一点都不过分，除了买书的人，他从来不舍得让谁多翻一下他那几本书。

一本鲜亮的《儿童文学》就那样猝不及防地映入了我的眼帘。我捧起它，打开它，从来没见过的童话故事一下吸引了我。在卖书人的催促和提醒声中，我不得不合上它，去看书的背面。心里盘算着怎么也得买一本，但一看书背面那对我而言犹如天文数字的价钱，就傻眼了。其实不过区区 8 毛钱，但当时却觉得那是妈妈一年两年甚至三年五年加起来也不会给我的金额。卖书老头一直在叫："买不买呀？买不起就别翻了，翻烂了我还怎么卖呀？"我只好和刚刚有一面之缘的这个十分新奇的好朋友，恋恋不舍地分开。

终于鼓足了勇气对妈妈说："我想买一本书。"妈妈连问都没问是什么书，径直答道："没钱。"我去找爸爸，爸爸说："好好上你的学吧，买那没用的干什么？"我去找最疼爱我的外公，外公为难地说："唉呀，我手里就剩下一毛钱了。"

5天一个集。每当从书摊那儿路过，心里就像有虫子爬，眼睛也不争气地看到更多的《儿童文学》在向我招手。我第一次相中的那期一直没卖完。卖书老头并不看我，他得防贼似的，死死盯着那群挤着买他书的孩子。

这时候我就想，要是能偷出这本书来多好呀。可惜我胆子太小了，只能在心里想想。

正逢学校组织砍草收草活动，我就来了积极性，打算靠自己挣钱去实现梦想。可是太难了，一筐草才两分钱，我只挣了两毛钱，活动就停止了。而且我手上已全是血泡，肩膀上也已被压得又红又肿又疼，我深深体会到劳动的艰辛，但同时也绝望地想到了一个事实：那本书我是永远买不起的。

机会在一个火热的午后来了。一伙庄稼人在一阵汗流浃背的劳作之后，躲在地头的一棵大树下扯闲篇。

一个爱开玩笑的愣头青小伙子冲我叫道："闺女，听说你为了一本书自己在想办法挣钱？"

我不说话。妈妈接过话茬说："这孩子，总是异想天开。"

愣头青油嘴滑舌地说："这样吧，你叫我一声爸爸，我就给你一毛钱，多叫几声，书钱就出来了。怎么样？"

大家笑成一团。妈妈就笑骂那个人道："你就损吧，臭小子。我现在是老嫂比母，你还敢跟老娘开这种玩笑啊？"

大家笑得更凶了。这时候，谁也没注意我在想什么，其实我在偷偷算账，我自己有2毛钱，外公给了我1毛钱，还差5毛，只需要叫5声爸爸，只需要5声，我就可以拥有那本心爱的书了。

心里激烈的斗争让我的脸一阵红一阵白，然后咬咬牙，出奇不意地、快速地连喊了5声爸爸。那个愣头青当时只剩下一个愣字了，他没想到一直内向羞涩的我，真给了他一个下马威——对于当时的庄稼人而言，5毛钱可不是个小数目呢。其他人先是吃惊，继而爆发出一大片刺耳的笑声，而且这笑声让他们你拍我一下，我拍你一下，互相哄抬着，越笑越起劲，继而就有人笑得在流眼泪，有人在地上打起了滚儿。妈妈扬起了手臂，对我怒目而视，终于，没能打在我头上，而是气急败坏地破口大骂我是个傻瓜，然后眼里似乎有泪光在闪，坐在那里尴尬地陪我看大家那么千姿百态地笑。缓过劲来的人们不忘催愣头青："拿钱呀，他爸爸。"接着又是一阵紧跟一阵的大笑，多少年我没听人那么发狂地笑过。

得到了一本书，同时也得到了一个傻瓜的封号，买一赠一吧。更讽刺的是，同学们也不知从哪儿知道了这件事情，下了课一无聊就有调皮男生借题发挥对我说："傻瓜，叫我一声爸爸，我给你一毛钱，哈哈哈。"甚至有一次，好几个男生因为争着做对方的爸爸吵闹不休，忽然有人一指我，提议说："我们争什么，那个傻瓜应该会管我们都叫爸爸的。"他们笑着向我拥来，嘴里不干不净地。那段时间，女生也都以我为耻，下了课，谁也不肯和我在一起。

我被巨大的孤独啃噬，只有那本书陪伴我。当那本书一页一页都快被我翻烂的时候，语文老师忽然在课堂上大力表扬我作文写得好。出于好奇，同学们又开始答理我，并轮番借阅我的作文，然后还用赏赐般的态度捎带借阅了那本让我"丧权辱国"的《儿童文学》。

语文老师是个文学爱好者，她以我的事为题写了一篇散文，题目是"一个孩子和一本书"，发表在了当时的市报上。当语文老师在课堂上读那篇文章时，我觉得我的心真的被人读懂了，那一刻，我泪流满面。个别女同学也红了眼眶。

当同学们"原谅"我的时候，老师把我叫到宿舍，她郑重地送给我两本崭新的《儿童文学》，非常非常精美，透着好闻的墨香。她认真地看着我的眼睛说："爱读书是好事，孩子。可不能为了喜欢的东西什么都做，知道吗？"

是的，我知道，我早就知道了。我的泪不断涌出来，在我开口的时候，众人笑的时候，妈妈骂我的时候，同学们羞辱我的时候，我就知道。只是我太渴望那文字，太渴望那清新的墨香。

也许我为那本书付出了过于惨重的代价，老天对这样一个傻孩子产生了怜爱，此后，我渐渐爱上了写作，一发不可收拾。

如今，很多年过去了，我已发表了不少作品。但我将儿时那种对知识的赤诚的渴望、那种对文字的珍视与仰慕珍藏在心底，永远为之感动，永远为之不懈地努力。

青涩岁月里的蝴蝶胸针

青衣江

那时候，我在英国一个名叫马斯福德的小镇上读书，只有13 岁，是诗人们所说的那种青苹果般甜蜜却带着一丝淡淡涩味的年纪。我凶狠好斗、桀骜不驯，成绩自然是班上的倒数第一了。我之所以如此顽劣是有原因的：我的父亲是一位海员，在一次远航时遭遇风暴掉进了惊涛骇浪中，连尸骨都没有捞到；我的母亲则抛下我和妹妹奥德丽到利物浦找她的情人去了。我和奥德丽与祖母相依为命，因为缺乏管教，我经常逃学旷课东游西荡；为了不受人欺负，我模仿电视中拳王阿里的样子，每天早晨在沙包上苦练拳头。我信奉一条不记得从哪本书上看来的真理：要想自己不害怕别人，就必须让别人害怕自己！

老师都拿我非常头疼，当然，他们也不会去关心一个失去父母的孩子需要怎样的温暖，我在老师的眼里是愚蠢的小丑，将来注定是没有出息的坏蛋。我习惯了老师的奚落和同学的嘲讽，我也承认自己是一个不可救药的家伙。但是，只要一有机会我就会报复得罪过我的人，那个肥得像只企鹅的物理老师就被我躲在树林里用西红柿砸烂了眼镜。还有，镇长的儿子海勒姆，有一次竟敢骂我妹妹，被我用皮鞋敲破了额头。

那个学期，一位叫尤金妮娅的新老师到我们班来教音乐。她身材窈窕、漂亮迷人，我敢说我们班上的每一个男孩都在暗恋她，当然也包括我。尤金妮娅常常坐在钢琴前弹唱苏格兰抒情民歌，我认为那是我曾经听到过的世界上最美妙的音乐，就像天使唱的一般，比教堂里的赞美诗还要动人100倍！尤金妮娅从不歧视差生，她不像有的老师那样上课提问总叫那些成绩好的学生，我就被她叫起来唱过一首《马儿在雪地里奔跑》。"简直棒极了，乔塞，你真的很有音乐天赋，说不定你长大后会成为又一个列农（一位著名的摇滚歌手）的！"尤金妮娅由衷地赞叹道。这时候，教室里传来一片唧唧喳喳的议论声，同学们似乎不满老师对我这个"大笨蛋"的表扬。尤金妮娅显得有些生气，说："你们等着瞧吧，乔塞一定会在音乐上取得杰出成绩的！"

从此以后，每逢上音乐课，尤金妮娅总是叫我领唱。同学们由开始不服我到慢慢地习惯了，我教他们唱会了《欢快的雪橇》、《游击队长》和《三个美丽的小公主》等一大批脍炙人口的歌曲，当然，事先尤金妮娅总是在办公室里叫我跟着她把这些歌唱上几遍。我的自信心渐渐地树立起来了，不管上什么课都很少捣蛋，同学们看我的眼神也不再充满鄙视。圣诞节那天，我竟然收到了五张贺卡，其中还有两张是女孩子送的！

我狂热地爱上了尤金妮娅，尽管她比我大了至少十岁，我仍幻想有朝一日把她娶回家来，像王子迎娶公主那样用一辆漂亮的水晶马车。我还开始阅读拜伦和雪莱的情诗，并把它们工工整整地抄下来。我打算抄到 100 首时就把情诗寄给尤金妮娅。

13 岁的孩子已经有了青春躁动，对性充满了神秘和好奇，我喜欢偷偷地盯着尤金妮娅丰满的胸部。有一次，我的异常举动被她发现了，她走过来问我："乔塞，你在看什么呢？"我的脸一下子涨得通红，我撒谎说我在看她胸前别着的那枚蝴蝶胸针。"哦，那是我母亲送的，很漂亮，是吗？"她微笑着问。我忙不迭地点头。

夏天的最后一节音乐课，尤金妮娅要我们默写五线谱。10分钟后，尤金妮娅叫我走上前去和她一起给学生记分。那天她穿着一件低领开口的衬衣，蝴蝶胸针就别在让我心惊肉跳的部位。起初我还能够认真地记分，但很快我就心不在焉起来。尤金妮娅的两只胳膊都伏在讲台上，整个雪白的胸部通过低低的领口全暴露在我的眼前，我开始了很没有道德的偷窥，我是如此痴迷，以至于忘记了这是在课堂上，尤其要命的是讲台下还有几十双眼睛在看着我们，而且我的右手甚至不由自主地伸向她的胸部。教室里突然涌起了一阵骚动，有人开始阴阳怪气地吹口哨，但该死的我竟然没有听见！

尤金妮娅条件反射地握住了我已经触摸到她胸部的手，我看见她的眼里有一丝诧异也有一丝愤怒。刹那间，我醒悟了过来，触电似的抽出手，羞愧得无地自容，尤金妮娅很快就恢复了她的微笑，她摸了摸蝴蝶胸针，然后将拇指和食指捏在一起朝空中扬了扬，对大家笑着说："蚂蚁怎么爬到我的胸针上来了，乔塞，谢谢你帮我捉掉了一只，你没发现还有一只吗?"教室里的骚动顿时平息了，同学们都以为是真的，他们根本看不清老师的手里其实什么也没有!

上完这一节音乐课后，我再也没有看见尤金妮娅，据说她到伦敦的一所贵族中学任教去了。尤金妮娅走的那天，许多学生都去送她，但是我因为心虚没有去，令我吃惊和欣喜的是，尤金妮娅托一位女孩转交给我一个包裹，里面是几本讲述青春期生理健康的书，还有一封信——

亲爱的乔塞:

你是我教过的最聪明的学生之一! 当我知道你的不幸身世以后，我就下决心帮你重新树立起奋斗的信心，你没有让我失望，我很满意。那天，你有一个很傻的举动，不过这并不要紧，青春懵懂的时候谁都可能犯错误，我知道你并没有邪念，但是，你应该好好读一读我送给你的这几本书。尊严无价! 一个优秀的老师应该懂得如何体面地维护一个少年的自尊，而不是粗暴地摧毁它，因为尊严是我们充满信心笑对生活的强大动力。另外，我将那枚蝴蝶胸针送给你，希望你能喜欢。

你永远的尤金妮娅!

我翻开包裹里的一本书，那枚美丽的蝴蝶胸针赫然在目!

很多年后，我终于没有辜负尤金妮娅的期望，成了一名作曲家，我创作的《青涩岁月里的蝴蝶胸针》连续数周在流行音乐榜上排名第一，许多少男少女听后都流泪了，因为它讲述的是一个真实的故事，那就是青春的尊严永远无价！

谢谢你，曾经允许我不爱

刘继荣

星期一的早晨，我紧张而又兴奋，因为我的赛教课就要开始了。这是一次级别很高的竞赛，有各学校的领导做评委，还有许多教育界的专家到场。年轻的我，渴望掌声，渴望奖杯，渴望一切有光环的东西，并想通过自己的努力，去赢得这一切。

好心的教研组长特地跑来告诫我，一定要把时间安排好，万万不可拖堂，这次大赛规则里有一条，对拖堂者采取一票否决制，前面有几位参赛者已经"触电"，与奖杯无缘。我感激地点点头，拿着书正准备去教室，美术老师却气呼呼地闯了进来。他告诉我，市里举行儿童绘画大赛，主题是"我最爱的人"，孩子们都很认真，可绘画天分颇高的安锐却故意捣乱，把妈妈画成了老巫婆，刚才去找他，他竟然拒绝修改。

看到安锐的画，我也很吃惊。画上的妈妈，真的没有任何美感可言，那一双眼睛尤其怪，一只画成了一团浑浊的雾，另一只眼角有泪滴下来，手用了怪诞的紫黑色。这时，惊惶的班长跑来告诉我，安锐与同桌打架了，打得很凶。

看见我的一刹那，两人同时松了手。同学们纷纷告诉我，同桌嘲笑安锐不爱自己的妈妈，所以把她画成了老巫婆。谁也没想到，瘦弱的安锐，像个发怒的小豹子般扑了过去。

就要上课了，听课的老师坐满了教室，孩子们顿时安静下来。安锐的胸脯一起一伏，他的眼睛紧盯着我手上的那张画，我轻轻地将画递过去，他愣了一会儿，不敢相信似的伸出小小的手，在握住画的一刹那，他的眼睛湿了，这时，铃声响起来。

我们上的是一节口语交际课，题目是"我爱四季"。面对众多陌生的老师，孩子们紧张得成了小木头，课堂里的气氛像被冰镇过。我微笑着启发他们，他们的小脑瓜里的记忆一下子复苏了，春天里高高飞起的风筝，夏天里一园一园的石榴花，秋天满地厚厚的落叶，冬天里玩疯了的打雪仗，他们争先恐后，唱歌似的说个不停。听课的老师们，脸上都露出了微微的笑意。

在这种气氛里，我发挥到最佳状态，孩子们的表现也格外出色，课堂上时时有意想不到的精彩场面，连那些正襟危坐的评委，脸上也纷纷露出赞许的表情。马上就要下课了，坐在教室后排的教研组长眉开眼笑，给了我一个胜利的手势。

只需要一个简单的小结，这节课就可以漂亮地结束了，而我，似乎能感受到那只奖杯的厚重。忽然，一直沉默的安锐举手了，他的声音很小，却很清晰：老师，我不爱秋天和冬天，可以吗？几乎所有的人都转过头，看着这个奇怪的孩子。

被诧异的目光包围着，安锐惶恐至极，一下子变得结结巴巴，他的脸都憋红了。教研组长皱着眉，对我指指墙上的时钟，又给我做了个手势：别理这个怪异的孩子！我有刹那的犹豫，可理智告诉我这是不公平的，就为着我要上一节完美的课，就为着我要得奖，而不允许一个孩子把话说完。那么，从此以后，他还会以信赖的目光温暖我吗？

忽然，他的同桌气呼呼地站了起来："他是个怪人，他不爱秋天，不爱冬天，他连自己的妈妈都不爱。"

"我爱我妈妈！"安锐大声反驳。这时，铃声刺耳地响起来，我没有打断安锐。教研组长无奈地摇头，我似乎听到他懊恼的叹息声。

"我妈妈是清洁工，到了秋天，落叶扫也扫不尽，要是被人踩碎，被车碾碎，就更难扫了，妈妈累得气管炎都犯了。"他的声音仍在发抖，语言却变得流利。

"冬天一下雪，我和妈妈半夜就得起来扫雪。要是车碾过，人踏过，雪就成了冰石头，我们只能一小块一小块地砸，妈妈的两只手都生了冻疮，整天流血。"

平日里的许多疑问，突然一下子被解开，我终于知道，为什么他的掌心会有硬币似的茧，为什么在秋季里，他每天都会有最好看的落叶送我，为什么在我们打雪仗时，他会一个人在那里奋力地滚雪球，然后推进树篱中去。

安锐举起那张引起非议的画："我爱妈妈的眼睛，她的右眼生了白内障，什么都看不见了，左眼老是流泪，晚上她就流着眼泪，给我织毛衣，给爸爸煎药。我爱妈妈的手，她的手是紫黑色的，可妈妈说，这双手养活了我们全家。"

"我爱我妈妈，可我不想爱秋天和冬天，老师，可以吗？"他看着我，眼睛里是不安的期待。

我微微哽咽着点点头，郑重地举起了自己的右手，与此同时，安锐的同桌也举起了手。在我渐渐模糊的眼睛里，我看到许多举起的手臂，有孩子们的，有老师的，甚至还有评委和专家们的。安锐张开嘴笑，门牙那儿有个光光的豁口，这是世上最无邪的笑，这比任何一个奖杯都令人陶醉。

十多年后，安锐在寄给我的贺卡里写道：谢谢你，曾经允许我不爱，这让我在今后的岁月里，能够从容地去爱。现在，我热爱生命中的每一天，因为在八岁半那年，我遇见了世上最好的爱。

其实，我遇见的，又何尝不是世上最好的爱？

萝卜干的滋味

林海音

林老师：

请您原谅一个终日忙于家事的主妇，她以这封信代替了本应亲往拜访的礼貌。

写信的动机是由于小儿振亚饭盒里的一块萝卜干，我简单地讲给您听。

这件事发生已有多久，我不知道，我发现则才有三天。三天前，我初次发现振亚带回的饭盒中有一块萝卜干时，并未惊奇，我以为那是午饭时同学们互尝菜味所交换来的。但当第二天饭盒的残羹中又是干巴巴的萝卜干时，不免使我生疑，因而仔细看了两眼，这才发现垫在萝卜干底下的，是一小堆粗糙的在来米（籼米——编者注）剩饭，我们家向来是吃经过加工碾拣的蓬莱米（粳米——编者注）的，因此我知道这里面一定有缘故。同时我又发现这个看似相同的铝制饭盒，究竟还有不同之处：我们的饭盒，盒盖边沿曾被我在洗刷时不慎压凹了一小处。这个饭盒连同里面的饭菜，显然不是振亚早晨所带去的。

但是我没有对振亚说什么。第三天，就是昨天早上，我装进饭盒里的有一块炸排骨，我有意在等待这事的发展。果然，振亚带回的饭盒中，没有啃剩的骨头，却仍是干瘪的萝卜干。而且奇怪的是，我们自己的饭盒又换回来了。

我相信这不是偶然的错误，而是有计划的策谋，有人在干着偷天换日的勾当。这是出于某一个人的行动，他所作所为，无非是想攫取我儿的营养，怎能不教做母亲的我痛心！

林老师，您或许知道，我们并非富有之家，我的丈夫靠微薄的薪水养活一家，因此在每天给他们父子俩的饭盒里，无论装入的是一块排骨、一个鸡蛋或者一只鸡腿，我都会想到它来之不易。它是为了丈夫的辛勤，儿子的发育，我的节俭，才勉强做到的。所以我不客气地跟您说，我们是禁不起这样被人偷取的。

我也知道，在您的教育之下，是不可能使人相信有这类事发生的，但事实摆在这里，又有什么办法。为了我儿的营养，我只好求您费费心，查明是哪个偷天换日的聪明孩子干的。萝卜干偶尔吃一次是香的，但是天天吃，顿顿吃，您想想是什么滋味。怪不得那个孩子想出这样巧妙的办法，那臭烘烘的萝卜干，他早就吃够了！

为了您调查的方便，我想告诉您，今天早上当着振亚的面，我在饭盒里装进了一个大肉丸，您可以看看，到底是哪个今天要倒霉的孩子在吃这个大肉丸。

敬祝

谢谢你，盛装莅临我的成长

教安

朱夏荔媛上

朱太太：

工友送进您的来信时，我刚在饭厅里坐定，四十多个孩子正窸窸窣窣地吃着各人的午饭，我却停箸展读来函。我以怀疑的心情打开您的信，却以快乐的心情读完它，现在我以无比轻松的心情写信给您，同时告诉您，我捉到那"贼"了，您所说的，那个"偷天换日"的聪明孩子被我捉到了。我纳闷儿了三天不能猜透的事情，因为您的来信而获解决，这怎能不教我轻松愉快呢！就是在我执笔给您写信的这当儿，激动的情绪仍持续着，因为有一张真挚可爱的小面庞深印于我的心上，为了这些纯真的孩子，我也愿意终生献身于儿童教育！

我先告诉您三天来的情形，再讲我是怎样捉到那小贼的。这里吃饭的情形您或许早已知道，孩子们每天早晨到学校后，便先把各人的饭盒送到厨房去，交给大师傅老赵，他便放进大蒸笼里。午间各人到厨房去取蒸热的饭盒，厨房旁边是一间大饭厅，大家都在那里吃午饭。我也不例外，一向是陪着孩子们一同吃的。

三天前吃午饭时，当我正举箸，刘毅军站了起来，他说："老师，有人拿错了我的饭盒，这……这不是我的。"我抬头望去，可不是，饭盒打开来，横躺在热腾腾的蓬莱白米饭上的，是一只香喷喷的红烧鸡腿，我知道那确实不会是刘毅军的。我便对同学们说："是谁拿错了饭盒？是谁带了有鸡腿的饭？"

230

等了几分钟，也没有人来认换。也难怪，饭盒的大小样式几乎都是相同的，而且家里给装了什么菜，孩子们也知道的不多。既然没有人来认领，只好叫刘毅军吃了再说。毅军津津有味地吃着鸡腿，十分高兴。不是我看不起刘毅军，无父的孤儿，靠寡母穿针引线替人缝补度日，如果不是有人拿错了，他哪摸着鸡腿吃呀！

可是第二天，同样的情形又发生了，我也不免奇怪，这是怎么一回事？当刘毅军打开饭盒，又惊奇地喊着有人拿错了的时候，同学们都停下筷子围到毅军的面前看。今天换了，是一块炸排骨。我问毅军自己带的是什么菜，他很难为情地说："只有一些萝卜干，老师！"

我对同学们说："看看谁拿错了饭盒，炸排骨换萝卜干可不划算！"同学们听了哗然大笑，却仍无人来认领。我虽也觉有趣好笑，却不免纳闷儿起来。刘毅军也以想不通的样子吃下了这顿排骨饭。

今天，当我们正为那个像小皮球一样大的肉丸惊疑时，您的信来了。我在未打开信时曾对毅军开玩笑说："这是上帝的意旨，你吃吧！"因为他和他的母亲都是基督徒，是宗教的信仰，才使他们安于吃萝卜干的命运吗？

说到萝卜干，我实在还应当把一些情形说给您听：刘毅军的母亲，在我去做家庭访问的时候，她并不避穷，很坦白地对我说，一日三餐的筹措，是如何艰难，所以，她要我善为教育她的独子毅军。在这一点，毅军倒从未使人失望。当毅军的母亲和我畅谈家常的时候，她家的院子里，正晾着一篮篮的萝卜干。指着那些被吹满尘土的萝卜片，她对我说："老师您看，我晾了这许多萝卜，可也不是花钱买来的，附近有一家菜园，种了许多萝卜，当人家收成拔萝卜的时候，我就赶了去，把人家扔掉不要的萝卜头、萝卜根、坏了心的、脱了皮的，统统拾了来。我再挑拣一遍，晒晒腌腌，可以够我们娘儿俩吃些日子的。"

朱太太，您问我萝卜干吃多了是什么滋味，我想毅军的母亲吃着它的时候，当觉其味无限辛酸。就是毅军，在他长大以后，回忆起他嚼萝卜干的童年时代，也该有不少的感触。如果有一天，他能读到明朝三峰主人为他的朋友洪自诚所著《菜根谭》写的序中的"谭以菜根名，固自清苦历练中来，亦自栽培灌溉里得，其颠顿风波，备尝险阻可想矣"这几句话时，他会觉出，当年所嚼的萝卜干，实有一种"真味"。

我跟您扯得太远了，让我们再回到饭厅里去。我读完您的信，停箸良久不能自已。我草草吃完饭，顺着饭厅巡视一番。走到那个圆圆红红小脸蛋儿的孩子面前，我停下了，这孩子抬头看见了我，有点做"贼"心虚，急忙用筷子把饭盒里的萝卜干塞到在来米饭底下。我却在他旁边的空位子上坐下来，侧着头在他耳旁悄声问道："萝卜干的滋味怎么样？"他先是一惊，随后竟装着若无其事地回答我："很甜，老师！"

很甜！我站起身来，回味着他这句话，想着您的来信，不由得抿嘴笑着走出饭厅，可是身后响起了跑步声，有人跟出来了。"林老师！"我回头站定，是小红圆脸，他气喘吁吁地跑到我面前，"老师不要讲出去吧，刘毅军的家里实在很穷，他天天吃白饭配萝卜干，所以……"

我的个子已经很矮，站在我面前的这个小男孩还比我低半头，他的胸襟却是如此辽阔无边！

写到这儿，您已经全部明了了吧。您要我调查的那个"偷天换日"的孩子，我捉到了，正是令郎朱振亚自己！

我当时点头示意答应了振亚的请求，见他结实的小身影走回饭厅，我才无限激动地回到自己的房里来。我一边用毛巾擦脸一边想，这萝卜干到底是什么滋味？它实在是包含着人生的各种滋味，要看什么人在什么境遇下吃它。

我又想，虽在如此纷乱丑恶的人间，善良的本性却并未从我们的第二代身上失去，这是多么令人喜悦的事情。

我不断地用毛巾擦着，想着，擦了这么久才发现，我没有在擦油嘴，却擦的是眼睛。哟，真奇怪！我原是满心的高兴，为何却流泪？

当您看完了这封信，打算怎样处理这件事呢？您会原谅"偷天换日"的孩子吗？我倒要为我的学生向您求情了！

此复并祝

快乐

林××上

我和橘皮的往事

梁晓声

多少年过去了，那张清瘦而严厉的，戴600度黑边近视镜的女人的脸，仍时时浮现在我眼前，她就是我小学四年级的班主任老师：想起她，也就使我想起了一些关于橘皮的往事……

其实，校办工厂并非是今天的新事物。当年我的小学母校就有校办工厂，不过规模很小罢了，专从民间收集橘皮，烘干了，碾成粉，送到药厂去，所得加工费，用以补充学校的教学经费。

有一天，轮到我和我们班的几名同学，去那小厂房里义务劳动。一名同学问指派我们干活的师傅，橘皮究竟可以治哪几种病？师傅就告诉我们，可以治什么病，尤其对平喘和减缓支气管炎颇有良效。

我听了暗暗记在心里：我的母亲，每年冬季都被支气管炎所苦，经常喘作一团，憋红了脸，透不过气来。可是家里穷，母亲舍不得花钱买药，就那么一冬季一冬季地忍受着，一冬季比一冬季喘得厉害：看着母亲喘作一团，憋红了脸透不过气来的痛苦样子，我和弟弟妹妹每每心里难受得想哭。我暗想，一麻袋又一麻袋，这么多橘皮，我何不替母亲带回家一点儿呢？

当天，我往兜里偷偷揣了几片干橘皮。

以后，每次义务劳动，我都往兜里偷偷揣几片干橘皮。

母亲喝了一阵子干橘皮泡的水，剧烈喘息的时候，分明地减少了，起码我觉着是那样。我内心里的高兴，真是没法儿形容。母亲自然问过我———从哪弄的干橘皮？我撒谎，骗母亲，说是校办工厂的师傅送的。母亲就抚摩我的头，用微笑表达她对她的一个儿子的孝心所感受到的那一份儿欣慰。那乃是穷孩子们的母亲们普遍的最由衷的也是最大的欣慰啊！

不料想，由于一名同学的告发，我成了一个小偷，一个贼。先是在全班同学的眼里成了一个小偷，一个贼，后来是在全校同学的眼里成了一个小偷，一个贼。

那是特殊的年代。哪怕小到一块橡皮，半截铅笔，只要一旦和"偷"字连起来，就足以构成一个孩子从此刷不掉的耻辱，也足以使一个孩子从此永无尊严。每每的，在大人们互相攻击的时候，你会听到这样的话———"你自小就是贼！"———那贼的罪名，却往往仅由于一块橡皮，半截铅笔。那贼的罪名，甚至足以使一个人背负终生。即使往后别人忘了，不再提了，在他内心里，也是铭刻不忘。这一种刻痕，往往扭曲了一个人的一生，毁灭了一个人的一生……

在学校的操场上，我被迫当众承认自己偷了几次橘皮，当众承认自己是贼。当众，便是当全校同学的面啊！

于是我在班级里，不再是任何一个同学的同学，而是一个贼。于是我在学校里，仿佛已经不再是一名学生，而仅仅是，无可争议地是一个贼，一个小偷了。

我觉得，连我上课举手回答问题，老师似乎都佯装不见，目光故意从我身上一扫而过。

我不再有学友了。我处于可怕的孤立之中。我不敢对母亲说我在学校的遭遇和处境，怕母亲为我而悲伤……

当时我的班主任老师，也就是那一位清瘦而严厉的，戴600度近视镜的中年女教师，正休产假。

她重新给我们上第一节课的时候，就觉察出了我的异常处境。

放学后她把我叫到僻静处，而不是教员室里，问我究竟做了什么不光彩的事？

我哇地哭了……

第二天，她在上课之前说："首先我要讲讲梁绍生和橘皮的事，他不是小偷，不是贼。是我吩咐他义务劳动时，别忘了为老师带一点儿橘皮。老师需要橘皮掺进别的中药治病，你们再认为他是小偷，是贼，那么也把老师看成是小偷，是贼吧……"

第三天，当全校同学做课间操时，大喇叭传出了她的声音，说的是她课堂里所说的话。

从此，我又是同学的同学，学校的学生，而不再是小偷不再是贼了。从此，我不想死了……

　　我的班主任老师，她以前对我从不偏爱过，以后也不曾。在她眼里，以前和以后，我都只不过是她的四十几名学生中的一个，最普通最寻常的一个……

　　但是，从此，在我的心目中，她不再是一位普通的老师了，尽管依然像以前那么严厉，依然戴 600 度的近视镜……

　　在"文化大革命"中，那时我已经是中学生了，没给任何一位老师贴过大字报，我常想，这也许和我永远忘不了我的小学班主任老师有某种关系，没有她，我不大可能成为作家。也许我的人生轨迹将彻底地被扭曲，也许我真的会变成一个贼，以我的坠落报复社会。也许，我早自杀了……

　　以后我受过许多险恶的伤害，但她使我永远相信，生活中不只有坏人，像她那样的好人是确实存在的……因此我应永远保持对生活的真诚热爱！

在繁花中长大的孩子

林清玄

一桂表姐家住在沟坪，却不把孙子送到隔着一畦田就到的沟坪国小，而是送到十里外的金竹小学。每天光是骑摩托车送孙子去上学，就要花掉半小时。

亲戚朋友都不能理解，一桂表姐总是开玩笑说："到金竹小学，最差也能读到第八名。"

当大家感到迷惑的时候，她总会开怀大笑："因为那里一个班只有8名学生，最后一名就是第八名呀！"

一桂表姐当然不是为了名次才把孙子送去金竹小学，而是金竹小学实在太美了。美到不像是一个学校，而像一座花园，美到超过都市人想象的程度。

金竹小学背后是山，前面也是山，前后的山上都种满刺竹。秋天的时候，刺竹叶转成金黄色，在晨光或夕照下，连成一片金黄。这便是"金竹村"和"金竹小学"得名的由来。

金竹小学后面金黄竹林的坡下是河流，前面是马路。到金竹的路两旁是果林，满枝、满园、满路的芭乐、橘子、洋桃和枣子，全是饱满欲滴，人们就好像走入了钻石与翠玉的森林。

到金竹的路标除了水果园，就是花了。马路两旁都种满紫色的九重葛，沿路前行，当看到一片黄钟花与金莲花的时候，金竹小学就到了。

金竹小学是非常迷你的小学，全校加上校长只有 7 个老师，学生 55 名。除了四年级 11 名，其他年级都是个位数。所以，校长和学生、老师和学生、学生和学生，不论大小都是互相熟识的，甚至于学生家长也都熟识。由于这种熟识，金竹小学就成为金竹村的社区中心。

金竹小学的朱锡华校长和江文瑞主任都是爱花的人，并且深信"环境的教育可以美化心灵"，于是携手营造"校园就是花园"的梦想。

课余的时间，学校的校长、主任、老师带着孩子在校园种花侍草，短短几年的时间，不分四季，校园都开满了花。

初到的访客通常会被那么繁盛的花吓一跳，遍地都是凤仙花、金莲花、金盏花、大理花、朱槿和黄蝉，凤凰树干上则沿树开满了蝴蝶兰，开在头顶上的是黄钟花与九重葛。

走廊上则是用椰子壳环保花盆吊挂的各式花卉，花从盆中溢出，仿佛一阵风来，就会飞舞下来。

由于花实在太多了，校园实在太美了，六年前的春节，金竹小学开办了"田园春暖美化心灵"的系列活动，让社区以外的人也来赏花。从此，每到过年，外地到金竹的人络绎不绝，甚至引起塞车。有时来赏花的超过 5000 人，正好是全校师生的 100 倍。

我问朱校长用花来教育孩子最大的心得。

朱校长说："在美丽的环境下长大的孩子会爱惜自己。我在金竹小学八年多，教过的孩子没有一个变坏的。"

"在美丽的环境下长大的孩子也会爱惜环境。像学校教室的玻璃，四五年来都没有打破过一块。"

一开始，朱校长坚持把盆花都摆在校园里，少数老师担心会被村民拿走，校长说："我一点也不担心他们拿走，还希望把花送给大家。"

于是，学校把大量的花苗送给村民。几年下来，整个金竹村村民都成为爱花的人，他们如果有美丽的花或找到新的品种，就会带回来送给学校，金竹村也成了一座大花园。

把十几年青春岁月都奉献给金竹小学的江文瑞主任说："在繁花中长大的孩子，心里也会开满繁花。"

另一扇幻想之门

龚锐

每年 5 月，是英国著名的圣劳伦斯美术学院的入学考试时间。来到这里的考生，都怀揣着一个关于绘画的彩色梦想，而圣劳伦斯则是他们梦想得以实现的重要桥梁。

在画室里，作为考官的教授们从一端走到另一端，随时对这些孩子的作品打着分数。第一天素描考试结束，大部分教授在心里都有了人选，于是在第二天的色彩考试中，他们格外关注那些自己挑中的学生。油画系的威尔斯教授也是如此。但是当他经过自己中意的那个学生身边时，一些特别的颜料引起了他的注意。

那是不同于市面上出售的颜料，每个代表颜料颜色的包装都被拆掉，被人贴上了写有颜色名字的标签。更不可思议的是，在那个孩子半掩着的颜料箱里，有一张写得密密麻麻的小纸条。威尔斯仔细地盯着纸条，才看清楚上面的内容：苹果是红色的，梨子是明黄，绛紫的葡萄……威尔斯边纳闷，边抬头看着那个画画的孩子，这是他昨天发现最有潜力的学生，素描作品完成得非常出色——扎实的基本功，清晰整洁的构图，细腻的光影过渡……每一个细节都近乎完美。那孩子作画的时候，眼睛里还放射着光芒！然而今天，孩子手中的画笔是颤抖的，表情凝重，眼神如死灰般黯淡，时不时还会紧张地吞着口水。完全判若两人！威尔斯在考生中来来回回数次，突然想明白了什么。威尔斯再次把目光投向了在画架后面咬着嘴唇，额头渗出汗珠的男孩。

几周后，圣劳伦斯美术学院的网站公布了新生录取名单。威尔斯忙碌了一天离开学校时，在校门口看到了一张熟悉的脸，一个瘦高的大男孩。他不停地向学校里面张望，眼神中是失落和无奈，却还有一丝渴望。

"嗨！小伙子！"威尔斯走过去跟他打招呼。

男孩略显紧张："嗨！"

"叫我威尔斯，是这所学院的油画导师。"威尔斯向男孩伸出手。"我叫杰克，我，是个落榜生。"男孩说着低下了头。而威尔斯脑海中又浮现出几个礼拜前这个男孩紧张地流汗咬嘴唇的样子。"跟我来，小伙子。"不等男孩回答，威尔斯用他的大手揽住男孩的肩膀，像揽住自己的孩子一般。

杰克被威尔斯拉到一个小型车间似的地方。门被打开的一刹那，杰克突然怔住了，这里面简直就是个小型美术馆，到处是绘画和雕塑作品，而且都是上乘之作。他呆呆地站在门口好一会儿，直到威尔斯叫了他两三次才应声走进去。

威尔斯笑了笑，扔给还在惊叹的杰克一套卡其布工装，两人穿戴整齐，威尔斯把杰克带进陈列间里面的一个工作间。没等杰克明白过来，威尔斯就递给他一个调色盘，指着一个画架，让杰克画地上放着的一组静物。面对眼前这一切，杰克猛然间乱了方寸，完全不知道该做些什么了。

"说说你为什么喜欢画画？"这个问题算是给杰克解了围，于是杰克开始滔滔不绝起来。他谈论起举世闻名的绘画大师，谈论他们的绘画风格，出神入化的色彩运用……谈着谈着，他却越来越没了精神，他觉得自己就像是背书一样，背着那些从绘画典籍中看来的关于色彩的评说，还有那些美妙的变幻莫测的颜色。画笔和调色板从杰克手中滑落，他低着头，泪水一滴滴掉落下来。

威尔斯走到杰克身边，说："知道吗，杰克，曾经，我最大的梦想并不是成为画家，而是站在篮球场上，做一名职业球员。"

"那为什么你没选择篮球？"杰克擦了擦泪水，问道。威尔斯把脸转向杰克，接着，轻轻卷起左腿的裤管。杰克惊讶极了，威尔斯的左小腿竟然是假肢！

"每个人都有一个最初的梦想，但因为各种原因，有可能失去或者根本就不具备完成这个梦想的能力。不论如何，我们都要诚实面对，积极努力，即使不能完成最初的梦想，也会打开另一扇梦想之门。"说完，威尔斯拿一块手帕蒙住杰克的眼睛，把一个石膏像放到杰克手里。"色彩虽然千变万化，但不是绘画艺术的全部；除了鼻子上的眼睛，画家的双手也是另一双眼睛。为什么不试试用双手'看'色彩？"

那天之后，威尔斯再也没有见过杰克。直到 6 年之后的一天，威尔斯在报纸上看到一则关于巴黎现代艺术作品展的报道，文中写着："年轻的雕塑家曾经因为色盲症无法考取著名的美术学院，但在一名导师的启迪下，他用自己的双手代替无法辨别颜色的眼睛，在雕塑界一举成名。他非常感谢这位给了自己方向的导师，虽然他没有给他上过一堂绘画课，但是却为他的梦想之门打造了一把宝贵的钥匙……"

威尔斯的眼睛模糊了，他抬起头，在弥漫的泪光中，一个瘦瘦高高的身影正朝他走来……

触摸古人千载之前的心跳

张丽钧

听 4 位高中语文教师讲课，内容是分析同一份试卷，试卷的文言文阅读材料是曹丕的《与吴质书》。文中有一个句子"仲尼覆醢于子路"，4 位教师将这一个句子讲出了 4 种不同的境界。

第一位教师讲："很显然，这是一个介词结构后置句。按照现代汉语的语序，它应该是'仲尼于子路覆醢'——注意，'醢'的意思是肉酱。也就是说，仲尼为了子路而覆醢。我们都知道，仲尼就是孔子，而子路是孔子的学生。'覆醢'是什么意思呢？就是倒掉肉酱，也有人说是把肉酱盖上，我们认为第一种解释更合理。所以，这个句子连起来讲就是，孔子为了子路而倒掉肉酱。明白了吗？"学生点头。

第二位教师讲："大家都知道，孔老夫子在晚年时回到老家。来听他讲课的都是他的'粉丝'，几千'粉丝'送给老师的见面礼多是几壶老酒、几条肉干。孔子是个肉食者——他太喜欢吃肉了！可是，当他在齐国听了韶乐之后，居然'三月不知肉味'！你看，孔子还是个'骨灰级'的音乐鉴赏家。后来，当他得知自己特别喜欢的学生子路被剁成肉酱之后，嗜肉如命的孔老夫子居然让人把家里的肉酱都倒掉了——他忌讳'肉酱'这两个字，他承受不了呀。"学生会心地笑了。

第三位教师讲："钟子期与俞伯牙留下过一段高山流水遇知音的佳话。当钟子期不幸早亡，俞伯牙到他坟前弹奏了一支曲子，然后尽断琴弦，终生不复鼓琴。人说孔子有三千弟子、七十二贤人，而子路就是七十二贤人中的一个重要人物。在《论语》一书中，子路出现的次数最多。他性格豪放直爽，为人勇武，忠于职守，与孔子亦师亦友，所以，当子路被剁成肉酱之后，孔子悲痛地倒掉了家里的肉酱，并哀叹'天断绝我'。一年之后，孔子也去世了。"学生轻叹。

第四位教师讲："有没有去过山东曲阜孔林的同学？——孔林是什么地方？是'万世师表'孔子的墓穴所在。孔子去世之后，他的弟子为他守墓3年，而那个叫子贡的弟子，居然守了6年！这些弟子跟他们的老师之间的感情怎么这么深呢？那是因为，孔子在他的弟子身上付出过太多的智与爱。孔子既是'经师'，更是'人师'，他对弟子从不吝惜付出真情——冉耕病了，他万分焦灼；颜回早逝，他痛哭失声；而当子路被剁成肉酱，他的心都碎了，从此不忍再食肉酱。孔子一次次的凄然动容，无不是为他钟爱的学生。遇到这样的老师，学生幸甚；遇到这样的学生，老师幸甚！"学生鼓掌。

4节课听下来，评课者对4位教师的不同讲法也各有褒贬。

有人说，第一位教师讲得最好。知识点讲得明白透彻，符合高考要求；繁简得当，不蔓不枝。这样的课，好用。

有人说，第二位教师讲得最好。懂得取悦学生，风趣的讲解可以提高学生的学习兴趣；以肉干、肉味、肉酱串起了故事，别具匠心。这样的课，好玩。

有人说，第三位教师讲得最好。借助数字强化理解与记忆，表现出教师良好的文化功底；适当拓展高山流水遇知音的故事，让学生过耳不忘。这样的课，好懂。

有人说，第四位教师讲得最好。动情的讲解直达人心，讲出了师徒间"不是父子胜似父子"的深厚情谊；同时，也鲜明地表达了教师本人对这种师生关系的向往，让每个听者都为之感动。这样的课，好听。

语文，是该侧重"工具性"还是侧重"人文性"？知识，是该看重"记忆"还是看重"理解"？课堂，是该追求"近期有效"还是追求"远期有效"？什么样的知识才能真正成为在孩子心中"永生"的知识？当古人借助纸张、文字款款走进今天的课堂，讲解者该如何带领孩子触摸他们千载之前的心跳？当被分数役使的孩子忽略了字里行间的泪与笑，讲解者该怎样引领着他们寻找古人，进而寻找那个不幸失落的自我？在徐迅雷所言"智识分子""知识分子""知道分子"中，哪一个才是我们最想要的？如果不想透这些问题，我们很可能已丧失了评课的资格。

美国老师讲灰姑娘的故事

书桂

此为美国一所普通小学的一堂阅读课。

上课铃响了，孩子们跑进教室，这节课老师要讲的是《灰姑娘》的故事。

老师先请一个孩子上台给同学讲一讲这个故事。孩子很快讲完了，老师对他表示了感谢，然后开始向全班提问。

老师：你们喜欢故事里面的哪一个？不喜欢哪一个？为什么？

学生：喜欢辛黛瑞拉（灰姑娘），还有王子，不喜欢她的后妈和后妈带来的姐姐。辛黛瑞拉善良、可爱、漂亮。后妈和姐姐对辛黛瑞拉不好。

老师：如果在午夜12点的时候，辛黛瑞拉没有来得及跳上她的番瓜马车，你们想一想，可能会出现什么情况？

学生：辛黛瑞拉会变成原来脏脏的样子，穿著破旧的衣服。哎呀，那就惨啦。

老师：所以，你们一定要做一个守时的人，不然就可能给自己带来麻烦。另外，你们看，你们每个人平时都打扮得漂漂亮亮的，千万不要突然邋里邋遢地出现在别人面前，不然你们的朋友要吓着了。女孩子们，你们更要注意，将来你们长大和男孩子约会，要是你不注意，被你的男朋友看到你很难看的样子，他们可能就吓昏了（老师做昏倒状）。

老师：好，下一个问题，如果你是辛黛瑞拉的后妈，你会不会阻止辛黛瑞拉去参加王子的舞会？你们一定要诚实哟！

学生：（过了一会儿，有孩子举手回答）是的，如果我是辛黛瑞拉的后妈，我也会阻止她去参加王子的舞会。

老师：为什么？

学生：因为，因为我爱自己的女儿，我希望自己的女儿当上王后。

老师：是的，所以，我们看到的后妈好像都是不好的人，她们只是对别人不够好，可是她们对自己的孩子却很好，你们明白了吗？她们不是坏人，只是她们还不能够像爱自己的孩子一样去爱其他的孩子。

老师：孩子们，下一个问题，辛黛瑞拉的后妈不让她去参加王子的舞会，甚至把门锁起来，她为什么能够去，而且成为舞会上最美丽的姑娘呢？

学生：因为有仙女帮助她，给她漂亮的衣服，还把番瓜变成马车，把狗和老鼠变成仆人。

老师：对，你们说得很好！想一想，如果辛黛瑞拉没有得到仙女的帮助，她是不可能去参加舞会的，是不是？

学生：是的！

老师：如果狗、老鼠都不愿意帮助她，她可能在最后的时刻成功地跑回家吗？

学生：不会，那样她就可以成功地吓到王子了。（全班再次大笑）

老师：虽然辛黛瑞拉有仙女帮助她，但是，光有仙女的帮助还不够。所以，孩子们，无论走到哪里，我们都是需要朋友的。我们的朋友不一定是仙女，但是，我们需要他们，我也希望你们有很多很多的朋友。下面，请你们想一想，如果辛黛瑞拉因为后妈不愿意她参加舞会就放弃了机会，她可能成为王子的新娘吗？

学生：不会！那样的话，她就不会到舞会上，不会被王子遇到，认识和爱上她了。

老师：对极了！如果辛黛瑞拉不想参加舞会，就是她的后妈没有阻止，甚至支持她去，也是没有用的，是谁决定她要去参加王子的舞会？

学生：她自己。

老师：所以，孩子们，就是辛黛瑞拉没有妈妈爱她，她的后妈不爱她，这也不能够让她不爱自己。就是因为她爱自己，她才可能去寻找自己希望得到的东西。如果你们当中有人觉得没有人爱，或者像辛黛瑞拉一样有一个不爱她的后妈，你们要怎么样？

学生：要爱自己！

老师：对，没有一个人可以阻止你爱自己，如果你觉得别人不够爱你，你要加倍地爱自己；如果别人没有给你机会，你应该加倍地给自己机会；如果你们真的爱自己，就会为自己找到自己需要的东西，没有人可以阻止辛黛瑞拉参加王子的舞会，没有人可以阻止辛黛瑞拉当上王后，除了她自己。对不对？

学生：是的！

老师：最后一个问题，这个故事有什么不合理的地方？

学生：（过了好一会）午夜12点以后所有的东西都要变回原样，可是，辛黛瑞拉的水晶鞋没有变回去。

老师：天哪，你们太棒了！你们看，就是伟大的作家也有出错的时候，所以，出错不是什么可怕的事情。我担保，如果你们当中谁将来要当作家，一定比这个作家更棒！你们相信吗？

孩子们欢呼雀跃。

冬天的橡树

【苏联】尤里·纳吉宾

清新晴朗的一月的早晨，使年轻教师心中充满愉快的联想。她两年前大学毕业后，才到乌瓦罗夫卡村来，现在已经是这地方最好的俄文教师了。除了乌瓦罗夫卡村之外，在库兹敏基、黑溪谷村以及遥远的泥煤区，大家都认识她；她所到之处，人们都连名带姓地称呼她：安娜？瓦西里耶芙娜，以示尊敬。

这所学校是座砖造的两层楼房，窗户宽大，覆盖一层霜花，墙壁在雪地上映出淡淡的红色。"早安！安娜？瓦西里耶芙娜！"有些学童用清晰响亮的声音向她问好，有些学童则因为小脸蛋都用厚头巾或围巾裹起来，所以声音压低了。

安娜第一节课是教十二三岁的学童。他们都站起来向她致敬，然后各坐在自己书桌的座位上。"我们今天继续讲词类。"安娜说。她记得去年初讲这一课时心情多么紧张，现在充满自信，于是用平静和安详的声音开讲："名词是一个表示主词的字：一个人、一件物或一种质量，所谓主词，就是可以对它这样发问的任何事物：这是谁？一个学生。这是什么？一本书。"

"我可以进来吗？"一个穿着旧毡靴的矮小身形站在门口。他那被风吹红的圆脸蛋容光焕发的好像要裂开一样，眉上凝结了一层白霜。

"又迟到了，萨乌什金。"安娜喜欢对学生严格一点，但此刻她的声调却带着哀伤的意味，萨乌什金赶快溜到自己的座位，他迟到使她不高兴，似乎破坏了这一天美好的开端。

"都懂了吗？"她问全班。

"懂了！"学童齐声回答。

"很好，那么给我举几个例子。"有人结结巴巴地说："猫！"

"对！"安娜说道。他们继续举例："窗户、桌子、房屋、公路……"说个不停，一直到安娜说："够了，不必再举例，我知道你们都懂了。"

忽然间，好像从睡梦中醒来一般，萨乌什金站起来，很急切地大声叫道："冬天的橡树！"

学童们都笑起来，"请大家安静！"安娜用手掌重拍桌子。

"冬天的橡树。"萨乌什金再说一遍，全然不理会周围的笑声和安娜的命令。他这几个字喊出来像是自白，好比什么了不起的秘密必须与人共享似的。

安娜有些生气了，她也不明白是什么意思，勉强控制自己的恼怒问他："为什么要说'冬天的橡树呢'！橡树就够了。"

"橡树算不了什么。冬天的橡树，那才是个了不起的名词。"

"坐下，萨乌什金。这就是你迟到的后果，橡树是个名词，至于'冬天'在这例子里当做什么词用，我们还没学到呢！休息时到教师休息室来一下！"

"坐下！"萨乌什金走进教师休息室后，安娜对他说，"你能不能告诉我为什么总是迟到？"

"我真的不知道，安娜？瓦西里耶芙娜，"他说，"我在上课前一小时就离开家了。"

"萨乌什金，你住在库斯敏基，是不是？"

"不！我住在疗养院的房舍。"

"你还好意思告诉我你上课前一小时就离开家，从疗养院走到大路只要15分钟，从大路走来也不过半个小时！"

"但是我从来不走大路，我抄近路穿过森林。"

"那就不大好，萨乌什金。我必须和你父母谈谈这件事。"

"我只有母亲，安娜？瓦西里耶芙娜。"萨乌什金低声地说。

安娜不禁脸红了。她想起这男孩的母亲——那个在疗养院水疗部工作的"淋浴助手"，憔悴而面露倦容的女人。她丈夫在战争中阵亡了，于是独自辛辛苦苦地抚养四个子女，即使不为这儿子的行为操心，她的烦恼也已经够多了，虽然如此，她们还是应该碰碰头。"那么我必须去看你母亲，"安娜说，"她什么时候上班？"

"她三点钟上班。"

"很好，我两点钟上完课。下了课我们就一起去吧！"

萨乌什金带安娜？瓦西里耶芙娜走的那条小路就在学校后面。刚钻进森林，枞树的枝丫就在背后合拢了，他们一下子进入了另一个安静无声的魔幻世界。

周围一片白。只有高大婆娑的桦树的树梢在高处幽然发黑，纤细的枝条在平静的蓝天中像是一幅水墨画。

有时森林让开一块块空地，阳光愉快地照耀着。

"是一头驼鹿过去了！"看到安娜？瓦西里耶芙娜对足迹很感兴趣，萨乌什金说，像是说着一位善良的熟人。"只不过您别怕，"他补充道，"作为对女老师投向森林深处的目光的回答，驼鹿它很温顺的。"

萨乌什金又走在女老师前面，稍稍弯着身子，仔细观察着四周。

森林不断地延伸着，道路错综复杂，好像这些树、雪堆和寂静没有尽头。

突然，森林闪到了一边。在林中空地的中间矗立着一棵高大的橡树，银装素裹，闪闪发光，像是一座教堂。树木们似乎毕恭毕敬地让开，让自己的老战友尽力地伸展肢体。它低垂枝丫，像是撑在空地上的一座帐篷。树皮深深的皱纹里塞着雪，树干有三人合抱那么粗壮，像是缀着缕缕银丝，叶子几乎没有凋落，穿着雪衣，覆盖着橡树，直到树冠。

"这就是它，冬天的橡树！"

安娜？瓦西里耶芙娜羞怯地向橡树走去，健壮豁达的森林卫士静静地向她晃动着枝条以示欢迎。

萨乌什金根本就没有注意女老师内心的波动，他在树脚下玩耍着，简直就是和自己的老朋友在一起。

"安娜？瓦西里耶芙娜，您看！"

他努力地挪开一大块雪。那儿，在坑里有一只小球，裹着细细的叶子。尖锐的刺穿过叶子，安娜？瓦西里耶芙娜猜到这是一只刺猬。

"包得可真严实呀！"

萨乌什金呵护地给刺猬盖上雪衣。然后他又在另一个树根边挖雪，打开了一个小小的岩洞，一只褐色的青蛙蹲在里面，好像硬纸板做的一样。萨乌什金碰了碰青蛙，它一动不动。

"它在装死，"萨乌什金笑道，"一让它晒晒太阳——它就跳呀跳起来了！"

他接着领安娜？瓦西里耶芙娜看自己的小天地。橡树脚下还栖息着许多的住户：甲壳虫、蜥蜴、瓢虫。强壮有力的大树，充溢着郁郁生气，在自己的身边积累了那么多生命的热力，可怜的小动物们再也找不到更好的住宅了。安娜？瓦西里耶芙娜兴致勃勃地注视着全然陌生的森林生活，听到萨乌什金惊叫声："哎呀，我们见不着我妈妈了！"

安娜？瓦西里耶芙娜急忙把表放到眼前一看——三点一刻。她有一种上当的感觉，在心里头向橡树请求原谅自己人类的小心计之后，她说："没什么，萨乌什金，这只是意味着，近路不是最可靠的。你只得走公路。"

萨乌什金根本就不回答。

"天呀!"安娜·瓦西里耶芙娜痛苦地想，能不能坦承自己的无能为力？她想起了今天的课和其他所有的课：她讲述单词、讲述语言是多么的苍白、干燥、冷漠，没有它们，人类在世界面前是哑巴，感觉无能为力。

"萨乌什金，谢谢你带我来。当然，你可以走这条路。"

"谢谢您，安娜·瓦西里耶芙娜!"

萨乌什金脸红了：他非常想对老师说，他以后再也不迟到了，但他又怕撒谎。他提了提上衣领子，把护耳皮帽低低拉到前额上。

"我送您……"

"不必了，萨乌什金，我一个人能走得到。"

他疑惑地看了看女老师，然后从地上拾起一根棍子，把弯的一头折断，递给安娜·瓦西里耶芙娜。

"要是驼鹿跳过来，你就抽它的背，它就会跑掉的。最好只是晃一晃，这对它就够了! 要不然它受了委屈就离开林子了。"

"好的，萨乌什金，我不去打它。"离去不远，安娜·瓦西里耶芙娜望了橡树最后一眼，橡树在夕阳的余晖中白里泛紫，她看到树脚下有一个不大的黑暗的身影：萨乌什金没走，他在远处保护着自己的女老师。安娜·瓦西里耶芙娜突然领悟，在这个森林中最令人惊讶的不是冬天的橡树，而是这个穿着破毡靴的小男孩，他是未来的神秘公民。

《牛虻》：我无法释怀的爱情

小河

那个乌云渐渐四合的下午，天暗暗的，我坐在教室的第一排里，安静地品尝她的声音，"Spring；Summer；Autumn；Winter⋯⋯"我跟着哼唱，入神地看着她。她的眼睛深深的，亮亮的，像熟透饱满的黑葡萄粒，散放着恬柔美丽的光。

我喜欢上她的英语课。和其他教过我们的老师不一样，她有时会在课上用一种低低的厚厚的却极其轻柔、略带着中音的嗓子，唱一些好听的英文歌给我们听。20出头的她，对我们这些刚上初中的孩子，刚好是一个大姐姐的年龄。

那天课后，同学们都飞快地走了，教室里只剩下我，我坐在那儿，不知为何却不想回家。她收拾教案，看了我一会儿，然后问："你要不要到我办公室里坐一会儿？"

我点点头，跟在她身后去了办公室。

大概是要下雨的缘故，整个外语教研组办公室，就只剩下了她和我两个人。她整理办公桌，我看到桌上有一本书，封面上大大地写着两个字：《牛虻》。当时我以为那个字读"氓"，她立刻纠正了我，并打开书的最后一页，读出声来：

"明天太阳升起的时候，我就要被枪毙了，因此我现在必须履行'告诉你一切'的诺言……至于我，将怀着轻松的心情走上刑场，好像一个小学生放假回家一样。我已经做了我应做的工作，这次死刑判决就是我恪尽职守的证明。他们要杀我，是因为他们害怕我，一个人能够这样，还能再有什么别的心愿呢？"

我听得傻了，她有声有色的朗读，把我带入了一个懵懂神秘的世界。

"我是爱你的，琼玛，当你还是一只丑小鸭，穿一件花格子罩衫，背拖一条小辫子的时候，我就已经爱上你了，我现在仍然还爱着你。"

我想告诉她："你读得可真好。"可我却什么都没有说出来——我的全部思想已经沉浸在她朗读的那个世界里去了。

"无论我活着，

还是失去生命，

都将是一只，

快乐的牛虻！"

合上书的时候，我看到她黑葡萄粒一样的眼睛里，有晶莹的泪光闪动。

看着我好奇的眼光，她说："这个世界上没有牛虻，他是文学作品中的人物。但是我要找他，哪怕走遍天涯海角，哪怕他即将失去生命，我也要找他那样的人，嫁给他。"

外面已经开始下雨，很大。她让我背好书包，拿了伞送我回家。"走吧，"她说："不然你爸妈会着急担心的。"

我们很快期末考试了，再开学时，她已经不在学校任教。那年恢复全国高考，听说她上了北京外国语大学。后来，再无她的消息。

初中即将毕业时，我在二姐的枕头下面发现一本《牛虻》。于是，那个夏天，那个乌云四合、大雨如注的下午，突然间清晰地出现在我的脑海里。趁她不在，我贪婪地读了起来。

19岁的亚瑟，有着"长长的睫毛，敏感的嘴角和娇小的手脚，身体各个部位都显得过分精致，轮廓格外分明。"他还有着深蓝色的、梦一般神秘的眼睛，有着纯真的感情和热气蒸腾的理想。跟随着英国女作家艾捷尔·丽莲·伏尼契的脚步，进入到牛虻的世界时，我慢慢沉浸在一种无法言说的快乐与伤悲中。无论是开始那个有着欢快步伐的少年亚瑟·勃尔顿，还是后来那个经历了重重磨难，受尽身心折磨的里瓦雷士，都让我痴迷。那时的我正处在一个试图辨别人世善恶并试图思考人性善恶的年龄，同样热情、真诚，认为世间的事情原本是应该有因有果，人与人之间应该清澈透明、简单而美丽的。因此，当我看到亚瑟在得知敬爱的神父竟是自己的亲生父亲，冒充神甫的警方密探在他忏悔时诱骗他透露了战友的行动计划和名字而致使他们锒铛入狱，青梅竹马的恋人琼玛也不再相信他……他必须选择远离他们，开始颠沛流离、坎坷艰辛的生活时，心便痛楚地扭结起来。再读到13年后重回意大利，亚瑟已经炼就成为刚强、无畏的革命者里瓦雷士……为了争取国家独立统一的斗争，他不惜献出了自己的生命……而琼玛在牛虻的遗书中看到了他们儿时熟稔的小诗，才知道，牛虻就是自己曾经爱过的亚瑟，他们就那样擦肩而过，用死亡作为了离别的方式……我早已泪雨滂沱。

我想到了英语老师，想到了我去她办公室的那个下午，想到了她读书、说话的样子。当时的她，在我眼里就像一阵不可捉摸的风，一团解不开的迷，一个握不住的影子，一个瞬间消隐的梦中之梦。可是，看完那本书，我突然间明白了她理解了她，好像我们是千年的好姐妹好朋友，我们心心相通。那一晚，我一直都没睡着，一直在伤心地流泪——我的心被《牛虻》填充的满满的，和我的英语老师一样，我坚定地爱上了他。

在一个太阳刚刚升起的早晨，牛虻微笑着去了。然而，他对生命的热爱，对理想的执着，他钢铁一般的意志与极富感染力的人格魅力却永远留了下来。从那以后，牛虻成为我生命中一面飘扬的旗帜。岁月在静默的无言中流逝着，而我，一直在心中存留着关于亚瑟与琼玛，同时也是我对于牛虻的无法释怀的爱情。

"无论我活着，

还是失去生命，

都将是一只，

快乐的牛虻！"

教育的美好与昂扬

李曙白　蒋勋　【英】霍伊特·芬内尔

上帝的黑板

奥塔杰是俄罗斯北方的一座小镇。镇上有一所小学，罗琳卡娅就在那所小学教书。

罗琳卡娅不是当地人，她从莫斯科来，在奥塔杰小学已经快20年了。她教孩子们地理和绘画，但她更多地是给孩子们讲述奥塔杰以外的世界，讲莫斯科和圣彼得堡，讲遥远的美国和古老的中国；她还给孩子们讲述俄罗斯历史上那些伟大的先辈，画家列宾，诗人普希金和莱蒙托夫，柴可夫斯基和列夫？托尔斯泰……孩子们听得如痴如醉，沉浸在她娓娓动听的讲述中。罗琳卡娅给这座偏远乡镇的孩子推开一扇又一扇窗户，让他们看到奥塔杰以外无比宽广的世界，也看到自己的未来无限精彩的可能性。

孩子们都喜欢和罗琳卡娅在一起。一个夏天的晚上，几个孩子又像往常一样围坐在罗琳卡娅身边。忽然，小娜塔莎指着夜空，问："老师，您看天空像什么？"

"上帝的黑板。"罗琳卡娅几乎是不假思索地回答。

孩子们仰望夜空，是啊，那不就是一块巨大的黑板吗！那些明亮的星辰就是写满黑板的文字。

"那么，上帝在他的黑板上写了些什么呢？"娜塔莎又问。

"梦想。上帝在那块黑板上写满了梦想。"罗琳卡娅说，"上帝告诉每一个孩子，如果没有梦想，你就是一只小鸟，永远囚闭在一棵树的暖巢中，即使飞翔，也只是在一片树林的上空盘旋；如果有梦想，你就是一只鹰，梦想能够带领你们飞得很远很远，很高很高。"

孩子们看着宁静的天空，星星一闪一闪的，像在和他们说话一样。这个夏天的夜空充满神秘的召唤。那一晚，所有孩子的心中都有梦想在闪烁。

许多年过去了，罗琳卡娅已经退休离开了奥塔杰小学。当年仰望夜空的那些孩子都长大了，他们纷纷走出积雪覆盖的奥塔杰，有的成了远洋轮的船长，有的成了大学教授，还有一个甚至当上了驻外使节，在遥远的南美洲成为俄罗斯的代表……只有娜塔莎在出去多年之后，又回到奥塔杰。她是带着梦想回来的。

娜塔莎回到奥塔杰小学，当了一名教师。一个夏天的晚上，娜塔莎带着一群孩子走过小镇外的田野，她问孩子们："你们觉得天空像什么？"孩子们的回答五花八门，有的说像河流，有的说像大屋顶，娜塔莎对他们说：

"那是上帝的黑板，上面写满了梦想。"

一杯咖啡

教授来上课时，同学们都很吃惊，因为他端着一杯咖啡来到了教室。

他把这杯咖啡举得很高，让班上每个同学都能看见。"请你们大家猜猜我手上这杯咖啡有多重？"教授这样问大家。

"50 克！""100 克！""125 克！"同学们七嘴八舌地回答。

教授笑了："老实告诉你们，其实我自己也没有称过这杯咖啡的重量。"接着教授提高嗓门继续说，"但是请你们注意，下面我要提问题：如果我把这杯咖啡这样举几分钟，会有什么结果呢？"

"什么结果也没有！"有同学这样回答。

"对，是没有结果。如果我这样举一个小时呢？"

"到时候你的胳膊肯定又酸又痛。"又有一个同学回答。

"说得好，那么我这样举一整天呢？"

"那你的胳膊也许已经变得麻木了，你的肌肉肯定极度紧张，到最后你必须要到医院去治治你这条胳膊。"另外一个同学小声地嘀咕着，他的话引起了班上同学们的哄堂大笑。

"说得非常正确！请问，在我举杯子的过程中，这杯咖啡本身有变化吗？"教授继续追问道。

"没有。"同学们回答。

"那么到底是什么东西让胳膊酸痛、让肌肉紧张呢?"教授步步紧逼。这时，同学们对教授提出的问题，多少感到有点困惑，不知道如何回答才好。

教授接着又问："我需要怎样做，胳膊才不会痛呢?"

"把杯子放下来!"同学们异口同声地回答。

"的确如此!"教授说，"我们在生活中也经常遇到这样和那样的问题。如果我们花很短的时间去思考这些问题，并无大碍;如果花很多时间去琢磨它，这些问题就会使你心烦意乱、让你头痛;如果你整天都把它搁在心里，这些问题就会始终困扰你，使你没有精力、没有心情去做其他的事情。所以，无论我们每天在生活中遇到什么问题，或者遇到了什么不愉快的事情，我们都不应该老是把这些问题和不愉快的事情装在心里，更不能钻进牛角尖里拔不出来。诚然，思考解决问题的办法固然重要，但学会放下这些问题也同样很重要。在每天睡觉之前，我们应该放下一切，安安心心地去睡觉，这样才能更好地去迎接新的一天!"

教授的话博得了全班同学热烈的掌声。

校花的故事

我在做美术系主任时，记得我们那个系最漂亮的女孩子有好多男生在追她。有一天我们正在上课，她忽然冲进来，说某某你给我的那封信，我要念给大家听！说着就撕开信封开始念。那个男孩子，低着头摸着鼻子走出去了。

我忽然想到贾瑞，也忽然想到王熙凤，虽然我不觉得我们这个校花这么坏。我把她叫到办公室，我说有一首唐诗念给你听。

我说："唐朝的张籍写过一首诗，用女性的第一人称说：'君知妾有夫，赠妾双明珠'——你知道我有丈夫，你又送我这么重的礼……；我觉得第三句、第四句好有趣：'感君缠绵意，系在红罗襦'——我都结了婚，还有人爱我，把它系在那件大红色的裙子上；'妾家高楼连苑起，良人执戟明光里'——我家里是有家教的，是有身份的人，我的丈夫是有头有脸的人；接着赶快转了一句，真了不起：'知君用心如日月'——我知道你光明磊落，你送我这么名贵的珍珠并没有非分之想——我后来跟很多女学生讲这句话，你一定要学会这句话，你要跟那个男生说，'知君用心如日月'——你就是爱我，爱很单纯；'事夫誓拟同生死'——我已经发誓要跟我的丈夫共生死，我爱他，这个是重点。'还君明珠双泪垂'——就觉得好遗憾，人生是有遗憾的；'恨不相逢未嫁时'——我没结婚的时候怎么没有碰到你呢？"

我跟这个校花讲了这首诗，她就哭了。她说："老师，我懂了。"

可是，我想，那个摸着鼻子走的"贾瑞"还是受伤了。

师 碑

澜 涛

天终于亮了，肆虐了一整夜的暴风雪却没丝毫减弱的迹象。从窗玻璃望出去，到处白茫茫的一片。和他一同挤在窗户前向外看的虎子惊叫着："快看，院门前那两棵大树折了。"

暴风雪来得太猛烈了。

他就读的这所小学在大山深处，从一年级到五年级，不到二十名学生，都来自附近更深的大山里，距离最近的村落也有近二十里远。学校只有一名老师，教室就是老师家的土坯房。上课时，老师总是讲完一个年级的课后，让这个年级的学生做作业，然后去讲另一个年级的课。于是，经常的，在同一间教室内，几名学生听课，其他学生做作业。

他虽然只有 12 岁，但和其他学生一样，都吃住在学校。放寒假后，其他同学都回家去了，因为他很小的时候父母就双双去世，又无其他亲人，寒假开始后，他就留在了老师家，和他一同留下的还有和他同岁、同年级的虎子。因为小村另外的三户人家在一年前都已经陆续搬家到外地去了，他们就成为方圆几十里内孤零零的人家，这让他常常觉得，整座大山只有他、老师和虎子。

寒假期间，老师上山弄烧柴时摔伤了一只脚，走路需要依靠单拐，老师无法下山去买粮食回来，老师家里的粮食尽管一再省着吃，但还是越来越少。昨天晚饭后，老师将米袋里的所有米都倒了出来，还没装满老师家的那个最小的碗。老师若无其事地对他和虎子说，自己的脚虽然还没好利落，但将就着能走路了，明天就带他和虎子去五十多里外的镇上老师的父母家，然后在那里过完春节再回学校。老师说，那里粮食充足，可以顿顿吃饱饭了，而且镇里人多，热闹。

他和虎子都开始盼望能快一些到镇里去。然而，突如其来的暴风雪把一切都改变了。

中午了，暴风雪没有丝毫减弱的迹象。他的肚子开始咕咕叫了起来，看看老师严峻的脸色，他没敢说饿。天渐渐黑了下来，暴风雪似乎更大更猛烈了，他感觉自己再不吃东西，就可能立刻死掉。他发现，虎子手捂着肚子，脸上的表情十分痛苦。他暗想，虎子也一定饿得够呛。

老师原来是有妻子的，但因为嫌弃老师家穷，几年前悄悄地离家出走后，再无音讯。老师就再没有结婚，一个人教着这二十几名学生，又要讲课，又要照顾这些学生的日常起居，甚至一些学生的衣服破了，老师都要帮忙缝补。他和其他学生一样，都十分喜欢老师，他觉得老师不是老师，更像爸爸妈妈。

在饥饿和困倦中，他和虎子双双睡去。当他被饿醒的时候，又一个清晨来到了，暴风雪依旧疯狂着。

饥饿感更强烈了，他觉到自己的五脏六腑似乎都粘在一起，被什么揪着、扯着，一阵一阵的疼着。

天再次渐渐地黑了下来，他已经饿得眼睛发花了。三个人围坐在火炕上，眼睛齐刷刷地盯着炕桌上那一小碗高粱米。朦胧中，他的眼前开始出现各种美食：热气腾腾的高粱米饭、白菜土豆汤，甚至过年时吃过的酸菜馅饺子……

暴风雪接连下了四天也没有停。每每他和虎子央求老师把那小碗高粱米做成米饭或者粥吃时，老师总是说："米先不能动，等暴风雪小一些，下山前再吃，不然没有力气下山。"

第五天早晨，他醒来后，下意识地倾听着窗外的风雪声，窗外的风雪声让他意识到，暴风雪仍旧没停。他想爬起来，到窗前仔细看看，但浑身一点力气都没有。他感觉自己再不吃东西就会立刻死掉。突然，他的鼻息间钻进一缕饭香。他以为是幻觉，用力地吸了吸鼻子，饭香味是那么的真实。他抬头在屋内搜寻着、查找着，他首先看到躺在他身旁的虎子，虎子正用和他一样的目光搜索着，他终于看到，饭香来自屋内火炉上那个正冒着热气的铁锅。坐在火炉旁凳子上的老师发觉他和虎子都醒来后，将铁锅盖打开，锅内是煮熟的高粱米饭，看上去足足能盛满一大碗。

他不知道哪里来的力气，一下爬起来，下了地，来到火炉旁，虎子也和他一样，来到火炉旁。老师看了看他和虎子，问他："你能不能找到往镇上去的路？"他莫名其妙地点了点头。

老师又问他："去镇上要经过的那个小村，你知道吧?"他又点了点头。老师停顿了良久，才再次开口："你把这些饭全吃了，然后立刻下山，去那个小村找人，告诉他们老师这里已经好几天没粮食了，求他们来送粮、救人……"老师说完这些，又对他催促道："快吃!"突然，一旁的虎子开口说道："我也能找到那个小村，让我和他一起去吧!"老师愣了一下，看了看虎子，说道："这些饭一个人都吃不饱，只能一个人吃，不然没力气到那个小村。"虎子急切地说道："那让我吃吧，我去。我比他有力气。"老师的脸突然扭动起来，冷冷地对虎子说道："你从来没一个人去过镇上，你去什么去，好好给我待着。"

虎子的目光黯淡下来。

等他狼吞虎咽地将锅里的饭吃空，老师找来绳子将他的裤脚扎紧，又将自己的棉手套、棉帽子给他戴上，叮嘱着他："千万要认清楚了方向，过九道弯的时候一定要小心脚下，无论如何都要到那个小村，哪怕是爬也要爬到……"热腾腾的高粱米饭下肚后，他感觉自己的身体重新充满了力气。他连连点头，保证着自己一定会叫那个小村的人送粮到山上的。

他连走带爬地赶到小村时，已经是当天深夜一点。小村的村民听了他的求助，立刻召集人，上山送粮。但暴风雪突然更加猛烈，不要说走路，人在室外连站都站不住，送粮的村民连滚带爬地出了小村还不到二里，就用去了两个小时，不得不返回小村。

又三天后，暴风雪终于小了一些，小村的村民终于带着粮食赶到山上的老师家，但发现老师和虎子已经双双死去。

这是不久前，我的一个朋友对我讲起的故事，朋友告诉我，这个故事发生在十八年前，他就是故事中的孤儿。朋友说，他师范大学毕业后，成为老师的第一年，他曾回到山上那所学校，但学校早已经不在了，只剩下空空的房架子。他去老师和虎子的坟头添了土，并且找了一块木板，为老师和虎子立了一块墓碑，上面只写了一句话：尊敬的老师和虎子父子之墓。

13 岁少年的精彩 16 秒

孙建勇

2012 年 4 月 9 日，早晨 7：25。杰瑞米和强尼与校车司机伍德叔叔打过招呼，坐到了各自的位置上。杰瑞米，13 岁，是卡车司机的儿子，同龄的强尼是外科医生的儿子，他们住在美国华盛顿州弥尔顿镇的同一条街区。两人同班，又是好友，每天结伴乘车上学。

像往常一样，等到 16 名学生全部到齐坐好后，伍德缓缓启动校车，沿着马路开往学校。一路上，车上 16 名学生很守纪律，都规规矩矩地坐在自己的座位上，聊天的聊天，看画册的看画册。坐在第二排的杰瑞米时不时扭头，欣赏窗外景色，坐在第五排的强尼则在听音乐。伍德稳稳地开着车，43 岁的他已经拥有 25 年的驾龄，技术娴熟。

早晨 7：37。校车过了第三街区，来到教堂前，再转一个弯儿，过一个十字路口，就该到校了。然而，在接下来的时间里，意想不到的危险突然降临。如果不是杰瑞米的机警和沉着，那么，车上 1 名司机和 16 名年仅十二三岁的学生，都将被死神拉进黑名单。究竟发生了什么呢？

把时间倒回到 7：37。那时，杰瑞米不经意地瞟了一眼驾驶座，不禁大吃一惊。他看见伍德叔叔情况异常，头搁在靠背上，脸色苍白，浑身发抖，双手则完全离开方向盘。而校车呢，已经向左偏离方向，冲向教堂。这中间过了 5 秒，杰瑞米作出反应，惊呼一声，从座位上跳起，冲向驾驶座，抓住方向盘，这过程用了 3 秒。杰瑞米拼全力，向右转动方向盘，一下，两下，三下……把车开回原路，拔钥匙，踩刹，车停，这个过程用了 8 秒。

这一切，被车载录像机都记录了下来。事后，人们发现，5 秒，3 秒，8 秒，共计 16 秒，杰瑞米没有丝毫慌乱，也没有丝毫犹豫，每一个动作都是那么迅捷、熟练，他表现出来的沉稳，与其年纪极不相称。

校车停后，杰瑞米迅速跑回自己的座位，拿出手机，拨通"911"，报告完车上发生的情况后，又来到驾驶座旁边。伍德情况非常糟糕，一直翻白眼，嘴里不断发出粗重的喘气声。这时，杰瑞米的好友强尼跑过来，说："快给他做 CPR！我懂这个，杰瑞米，你帮我。"CPR，是心肺复苏法的缩写，也就是胸部按压。在杰瑞米的协助，强尼解开伍德的上衣，一下，又一下，熟练地为伍德做着胸部按压，直到救援人员赶到，那时已经 7：51。经检查得知，伍德属于突发心脏病，所幸有杰瑞米和强尼一直在做 CPR，为后来的抢救争取了宝贵时间。

人们不禁要问，两个年仅 13 岁的小孩儿，在紧急关头为什么能够表现得如此冷静而专业呢？其实，这完全得益于他们的家庭教育和学校教育。

就家庭教育而言，杰瑞米 8 岁时，他的爸爸就开始向他传授卡车驾驶技术和汽车维修技术，9 岁时，杰瑞米对他爸爸的卡车已经了解得非常透彻，并学会了驾驶，只是因为法定年龄未到而没有去考驾照而已。至于强尼，也是很早就开始向爸爸学习医护知识和技巧，CPR 的操作要领在他 10 岁那年就已经完全知道。

就学校教育而言，美国中小学一直很注重进行生命教育，让学生关注死亡，体悟人生意义，珍惜生命，促使学生成为全面、均衡发展的人。他们把生命教育渗透在死亡教育、品格教育、健康教育、个性化教育和挫折教育之中，形成了完备的内容体系。以健康教育为例，美国有 36 个州将健康教育规定为必修课，按幼儿园和低年级、四年级、五年级、六年级四个阶段将其内容细化，并确定了具体的健康教育目标。其中，小学健康教育的重点领域分为身体健康、心理健康、社区健康三个方面；中学健康教育分为身体健康、心理和感情健康、预防和控制疾病、营养、药品的使用和滥用、意外事故的预防和安全、社区健康、环境健康、家庭生活健康等十个方面。也就是说，从幼儿园起，杰瑞米和强尼就开始接受生命教育，至于意外事故的预防和安全知识，曾是他们接受健康教育时最基本的内容。

所以，当紧急状况出现后，训练有素的杰瑞米和强尼能够表现出色，尤其是杰瑞米，在与死神的博弈中，他凭着自己的机警和能力，掌控了宝贵的 16 秒，从而化险为夷，有效地避免了一场特大交通事故。对于杰瑞米和强尼的非凡举动，整个弥尔顿镇的居民们都交口称赞，并联名要求华盛顿州政府嘉奖两位小英雄，比尔警官的话最有代表性，他自豪地说："杰瑞米和强尼是整个弥尔顿的骄傲，美国孩子的典范。"

梦里花落知多少

范春歌

很少人知道我当过中学语文教师，因为相对于二十来年的记者生涯，它太短了，仅一年。

可我经常怀念那一年。

1983 年，刚走出大学校门的我，被分配在市里的一所中学教初一的语文，还兼着班主任。生性率直的我，感觉这个不苟言笑的职业太痛苦了。初来乍到发生的一连串的事情，更让我手足无措。那个时候，校方规定学生一律不得穿牛仔裤上学。每天早晨，校门口就守着几位拿着小本的值日生，将穿牛仔裤的学生拦住，劝他们回家换服装。有一天，值日生将穿着牛仔裤的我给拦住了，问我是高中部哪个班级的学生。恰好有个老师经过，给我解了围。她一边陪我上楼，一边语重心长地对我说，老师应该给学生作表率，"你看看，全校的老师没有一个穿牛仔裤的。"

第二天，我就换了一条黑裙子，女老师常选择的那种。黑色常常代表庄重。穿了裙子的我又在走廊上被老校长叫住了，他和蔼地提醒我，是不是把披在肩上的长发扎起来，因为校方也要求女生不能留披肩发的。还说，有个班主任反映，她班上有个女生不肯剪去长发，并振振有词地辩解"范老师也是这个发型"。

我一听，也觉得事情严重了。仔细地留意了一下女老师们的发型，她们都像一个理发师剪的，短发齐耳，唯一的装饰品也仅是一枚黑色的细细的发夹。

在大家的劝说下，我下课后就走进了学校附近的一家理发店。

理发师是个胖胖的妇女，她用手托起我长长的黑发，有些不忍地举起了剪子："你可考虑好，这一剪子下去，就像脑袋掉在地上，可是接不起来的啊！"我咬咬牙没有吭气，只听剪子在我的脖后连续发出冷冷的"咔嚓"声。女理发师从镜子里发现我的眼泪夺眶而出，以为剪到了我的头皮，后来她理解了我的疼从何而来。从小到大，我都梳着清汤挂面似的长发，上面曾留下了姥姥温暖的手温，此刻，它们一起飘落在地。

老校长再次碰见我，很满意地夸道："好！"我的目光凝视着操场上一排绿化树，它们被修理得齐齐整整，宛若一个笼里蒸出的圆润的大馒头。

剪了短发的我，在同行眼里仍然不像个老师。至于老师应该是个什么样儿，他们也说不太清楚。

有一天，我正在教室上课，点一位同学起来回答问题，那位同学可能上课分心了，回答得前言不搭后语，我忍不住想笑，但内心有个声音严肃地提示我：老师不能当着学生笑。可是他慌乱的第二次补答，更是让人忍俊不禁，我实在憋不住了，放声笑起来，后来竟伏在讲台上直不起身。课堂当然解了大禁，那个同学也和大家一起笑得前仰后合。这一切恰恰被在走廊上巡视的老校长看见。

自然，我受到了严厉的批评。老校长是个非常敬业的人，一生严谨，腰板挺直，灰白的头发总梳得整整齐齐，藏蓝色中山装的领扣从来都是扣得严严实实的。老人的心地非常的善良，只是常常出格的我，不能不让他伤心。这让我很过意不去，又奈何自己不得。

每天早晨，校园仅有的乒乓球水泥台桌常常被高年级的学生霸占着，初一的学生只能眼巴巴地看他们打球。我想了一个主意，从此早晨早早地赶到学校，将自己的大包往乒乓球桌上一撂，俗称占台子。胆子再大的学生也不敢和老师争桌子。于是，我们班的学生终于有了摸摸乒乓球拍子的机会。他们有时也嚷着让我上阵，但很快就将我打得落花流水，我只好重新排在队尾。上课的铃声一响，大家比赛似的朝教室飞奔，有时我装备课本的包会遗落在树杈上，学生会气喘吁吁地拎着它追上来："老师，你的书包！"

老是抢占乒乓台，也不符合我常常给学生讲的机会均等的道理。后来，我鼓励大家跳绳。可是没有人天生爱抢绳子，尤其是孩子们。自然，天天给他们抢绳的还是我。当长长的绳儿在空中划着优美的圆弧，荡起孩子们银铃般的笑声时，我感觉自己正穿过长长的时空隧道，回到了欢乐的少年时代，生活的阴云也暂时一扫而空。

当我和学生在操场上游戏的时候，老师们在走廊上摇头叹息，他们怎么也没想到，学校费了好大的劲才争来一个年轻的大学生，偏偏分来个仿佛永远长不大的我。

直到期终考试的时候，我们班优异的成绩才让大家放下心：还好，没有误人子弟。

而那一年，也发生了不少令我至今难忘的事情。

有一次，上课铃响了，我夹着课本进教室，发现室内乱成一锅粥：一个瘦长的男生举着拖把当长剑，将同学们撵得像燕儿飞。平日他也令我有些头痛，不是上课打呼噜，就是将纸团冒充小白鼠塞进同桌的衣领里，吓得同学哇哇大哭。

这一回，我不再放过他。大家都各就其位之后，我生气地请他站起来，接着像老师惯常做的那样，让他放学后请他的父亲到学校来一趟。他一听请家长，倔强地昂起头说："我没有父亲。""那就叫你的母亲来。"我依然不饶他，他低下头不吭气，半晌，有个同学轻声地说："老师，他也没有母亲。"

我愣住了，不知道该如何是好。同学们仿佛为我打气，纷纷举手："他还有个叔叔！"我终于可以下台了："那好，让你叔叔来一趟。"

下午放学了，学校很快静如空巢。我独自留在办公室等他的家人。黄昏将临的时候，还未见他的人影，我准备收拾东西回家，正欲下楼的时候，却震惊地发现他背着一个老太太艰难地登上了办公室所在的四楼。

"她是我的奶奶。"他吃力地放下背上的老人后，抹着满头的汗水介绍道。我赶紧将老人扶到椅子上，递上了一杯热水。还未等我开口，老人就哭了，老人告诉我，他的父母自他刚会学说话就离婚了，他们谁也不肯要他，他就一直跟着叔叔和奶奶过日子。他叔叔是习武之人，担心这个没爹没娘的孩子受人欺侮，便教他拳脚功夫。由于恨铁不成钢，平日下手那个狠，谁见谁怕。如果让他叔叔知道了他在学校不听话，又难逃一阵毒打。所以，奶奶代他叔来见老师。

我开始后悔自己随意请家长的轻率。老人说，他功课不行，但是孝顺老人在邻里间是出名的，因为担心她这双小脚行走不便，他先是用三轮车载她走，又硬要背着她上楼，也不怕人见了笑话。

那个黄昏，我们仨坐在办公室聊起了家常，我也谈起了我的姥姥。后来，我们仨都流泪了。他更是哭得像个娃娃。

从那之后，他渐渐变了。虽然学习成绩还是不如人意，但上课的眼神却是专注的。我知道他在尽力。

那一年，我在学校过了第一个教师节。手里捧满了学生送给我的贺卡。那一天，也是个黄昏，围着我的同学渐渐散去，一直夹在人群中的他似乎等待着这一刻。他腼腆地走近我，从口袋里掏出一把炒黄豆塞到我的手里，然后飞快地跑了。

握着这把尚带有体温的黄豆，刹那间，我热泪盈眶。

学年的最后一课结束了，当清理书本的时候，我发现书本里夹着一张纸条：亲爱的姐姐，我们都认为你的长发好看。署名是——全体同学。

就在新学年即将开始的时候，我接到了刚复刊的《武汉晚报》发来的录用通知，心里却有一种怅然若失的感觉。

办完调动手续的那天是个雨天，学生们正在上课，校园里、操场上空无一人。我撑着伞缓缓经过草坪，向校门走去。突然楼上的走廊传来一阵喧哗声，不少学生竟从教室里冲出来，纷纷跑下楼，向我奔过来。

我与其说感动，不如说被这一幕惊呆了，我焦急地挥着双手大声地劝他们返回教室去上课，他们不听。围住我的学生兴奋地告诉说，有个同学透过教室敞开的后门发现了我，率先跑了出来，于是我要离开学校的消息便传遍了整条走廊。

学生们的这种送行方式自然太出格，在我的央求还有校园门卫的干预下，他们最终返回了教室。教室传来的训斥声让我知道了他们这节课的命运。

当我走出校门的时候，回转身望见教学楼的阳台上站着一个老人，那是老校长。他的发丝愈发地白了，但腰板还是那么硬朗。我猜想他一定看见了先前发生的那一幕，抱愧地欲向他解释，他摆摆手示意我不用解释，像个孩子似的向我顽皮地一笑，缓缓地做了个手势，好像对我说什么。雨大，我没听清。

他大声地重复，我明白了，他说我的头发长长了。

多年之后，我看了法国影片《放牛班的春天》。影片讲述的是一位善良的教师怎样用音乐的力量感化了一群顽皮的学生的故事。剧情是在那个教师离开学校的时候结束的：他走出校门的那天，孩子们正在上课，当他怅然若失地提着那口简陋的皮箱拐过教学楼的时候，忽然从窗口里飞出阵阵天籁般的歌声……

我和那位男教师的眼睛一起湿润了。

谢谢你，盛装莅临我的成长

汪微微

小学二年级时的班主任，是个不怒自威的退伍军人。平日里话不多，习惯用眼神制止并解决纷争与事端。

对男生，他实行军事化管理。课间十分钟，其他班的男生疯得东倒西歪，我们班的男生则挺拔地站立着，有序的排队，轮流着立定跳远，玩得像上课一样规规矩矩又铿锵有力。

对女生，他力推淑女教育。说话要不疾不徐，微笑要张弛有度；裙子要过膝，不许撩起下摆擦汗，不能光脚穿凉鞋；坐不能弯腰驼背，站不能含胸低头；课外少看电视多看书，每天练习毛笔字……

乡村的孩子平时散养惯了，一个个野的像泼洒一地的阳光，哪里收得住？一学期过去，没几个能真正坚持下来的。做得最好的，是和我们同班的他的女儿。我们既同情她的别无选择，又钦佩她的与众不同。她不是班上最漂亮的女孩，却自有一种说不出的美，眼中闪烁着看得见摸得着的柔软和善意。连最捣蛋的男生路过她身边时，都会不由自主地屏声敛气。

多年后，在家乡的街头，她穿一袭蓝底白花的连衣裙，绾着低低的发髻，静静地站在那里。嘈杂如水，流到她身边，却自觉地绕道而行。有人和她打招呼，她轻轻地点头，微笑致意，温婉得既优雅高贵又接地气。

原来，她被打磨出来的与众不同的美，过去叫教养，现在叫气质。

初一时的语文老师，是个有着慢条斯理智慧的老头儿，他惩戒我们的惯用伎俩是写检讨。检讨的内容直接照搬作文要求：文笔要好，感情要真，题材不限，风格却要自成一家，字数不能少于800字。最可怕的是，要一式54份——班上共54个人，人手一份。字迹要沿用书法课上的工整与气势。

有一回上课，他迟到了几分钟。不待他道歉并解释原因，台下一片亢奋的叫喊声，大家一起喊：54，54，54！他也不恼，乐呵呵地看着我们，眼里的宠溺能湮没掉每个人。

从此，他再也没有让我们写过检讨，却要求大家记日记。算算，一天不过就一篇，我们胜者为王居高临下地同意了。

毕业后和一干人去看望他，说起这段往事，他笑：小小少年是一块块璞玉，但雕琢要讲究方式和技巧。写检讨是假，练笔练字才是真。然后他转过头，对我说："你的字，有蝇头小楷的功底；你的日记，也最好看。"

原来，我们最终学会的，是不要错过自己。

高二时的语文老师，是个忧郁的诗人。他为人低调又不羁，平时见他背影的机会比正面还要多。有一次上课讲诗歌的结构与特点，他找来了几本自己以前写的诗集。讲台上的他，眼神干净明亮，有一种未经世事的洁白，像正在做梦的少年。他一字字念，一句句写，一段段讲其间饱满的感情、丰富的想象、和谐的音韵，以及写诗的心境和曾经沉睡的梦想。讲到动情处，他会停下来，一言不发地看向窗外，眼神比远方还远。

课后很久，我心里仍蓬勃得静不下来。那是我第一次感受到了诗歌的美，它干净清洁，美好亲切，散发着梦想的味道。最难得的是，它离我这样近，一声轻唤便足以叫醒我，而不只是远远地隔空感动我。

后来，我开始偷偷写诗，不在乎写得好不好，不去想有没有用，也不在意是否有人懂，愿意写下去并能很好地写出来，对自己而言已经足够。

原来，梦想是一种让你觉得坚持就是幸福的东西。

正如德国哲学家雅斯贝尔斯说过：教育意味着一棵树摇动另一棵树，一朵云推动另一朵云，一个灵魂唤醒另一个灵魂。谢谢各位，盛装莅临我的成长……

定价：32.00元　　　定价：35.00元　　　定价：35.00元　　　定价：32.00元

主编简介

要力石，中国作协会员，编审，新华出版社总编辑。新闻出版总署颁发的新中国成立60年来"百名有突出贡献的新闻出版专业技术人员"荣誉获得者。著有《单独行走》《红楼梦阅读全攻略》等长篇历史小说、散文集和媒介研究著作11部。散文作品广受好评转载，有的入选中学教辅读本。

何芸（笔名小河，何小河），中国作协会员，新华通讯社《品读》杂志主编。著有童话集《幻想树》，散文集《爱星满天》等多部，及儿歌集、报告文学集等文学作品380余万字。部分作品被译成日、英、德等文字；获冰心儿童文学奖、宋庆龄儿童文学基金奖等多种奖项。

特别说明：本书在编辑过程中，未能联系上个别作者，请见书后予以谅解并及时与本社总编室联系（01063077116），奉上样书。

.